„Es gibt nichts Schöneres, als zur richtigen Zeit am richtigen Ort zu sein"

Ein Herz für Tiere hatte ich schon immer und meine große Leidenschaft sind die Pferde.

Als Dorn-Osteopathie-Therapeutin für Pferde und Hunde habe ich meinen absoluten Traumberuf gefunden und mich selbständig gemacht.

Nach einiger Zeit kaufte ich mir ein eigenes Pferd und brachte es auf einem Bauernhof unter, der einen Mutterkuhbetrieb hat.

Und dort begann Luises Geschichte…

Für die meisten Menschen sind Kühe nur Milch- und Fleischlieferanten, doch für mich sind es wundervolle Tiere. Luise und auch ihre liebe Mama haben mir gezeigt, welch bezaubernde Wesen Kühe sind.

Stephanie Desch

Rückwärts ins Leben
Luises Weg

Eine wahre Begebenheit

Bibliografische Information der Deutschen Nationalbibliothek:
Die Deutsche Nationalbibliothek verzeichnet diese Publikation in der Deutschen Nationalbibliografie; detaillierte bibliografische Daten sind im Internet über dnb.dnb.de abrufbar.

Lektorat: Natascha Noever
Korrektorat: Stefanie Oehlert

Herstellung und Verlag:
BoD – Books on Demand, Norderstedt

ISBN: 978-3-7543-1089-2

Inhaltsverzeichnis

KAPITEL EINS:
RÜCKWÄRTS INS LEBEN

Kaum im Stall angekommen, schnappte ich mir eine Mist-
karre, Mistgabel und Besen und fing an, die Box meines Pfer-
des Paddy auszumisten. Ich trennte das trockene, saubere
Stroh von dem schmutzigen Mist und hörte dabei stöhnende
Geräusche, die aus dem direkt angrenzenden Kuhstall kamen. Da in den letzten vier Wochen schon einige Kälbchen
zur Welt gekommen waren, war mein erster Gedanke: „Da
gibt es wohl schon wieder Nachwuchs." Ich fuhr meine volle
Karre zum Misthaufen, um sie auszuleeren und warf bei der
Gelegenheit einen Blick in den Kuhstall. Tatsächlich stand
dort eine Kuh, die sich krümmte und presste und dabei stöhnende Laute von sich gab. Mir war sofort klar – da stimmt
was nicht, die arme Kuh quält sich gerade. Ohne zu überlegen, nahm ich mein Telefon zur Hand, um die Hofbesitzer
Beate und Klaus anzurufen. Doch genau in diesem Moment
kam Klaus mit seinem Traktor auf den Hof gefahren. „Gott
sei Dank", dachte ich und lief zu ihm, um ihm zu sagen, dass
eine Kuh gerade versuchte ihr Kälbchen zu bekommen, es
aber scheinbar nicht rauskommen wollte.

Er sprang sofort von seinem Traktor herunter und eilte zu
der Kuh. Zuerst tastete er sie rundherum ab, hob dann ihren
Schwanz an und griff mit einer Hand in den Geburtskanal.
Er fühlte die Füße des Kälbchens, hielt sie fest und zog daran.
Nach kurzem Überlegen bat mich Klaus, zwei Kordeln sowie

einen Eimer mit Wasser zu holen. Sofort rannte ich los, um die Kordeln aus dem Schrank zu holen und sauberes Wasser zu bringen. Irgendwie hatte ich das komische Gefühl, dass jetzt alles schnell gehen musste, damit die Mutterkuh nicht mehr so lange leiden musste. Zurück bei der Kuh gab ich Klaus die Kordeln, welche er wie Schlingen um die Füße des noch Ungeborenen legte und sie daraufhin festzog. Nun versuchte er das Kälbchen herauszuziehen, doch es war so schwer, dass er es allein nicht schaffte. Mit vereinten Kräften zogen wir nun gemeinsam an den Kordeln, aber ohne großen Erfolg. Sicherheitshalber fühlte Klaus noch mal nach und stellte fest, dass das Kalb falsch herum lag.

Bei einer normalen Geburt sieht man zuerst die Vorderfüße herausblitzen, danach kommt das Schnäuzchen und der Kopf zum Vorschein und dann folgt der Rest des Kalbes meistens problemlos.

Dieses aber wollte wohl partout mit den Hinterfüßen zuerst heraus. Klaus' Gesichtsausdruck ließ mich erahnen, dass es jetzt kompliziert werden würde und nun alles ohne Verzug ablaufen müsste. Er hielt immer noch äußerst angestrengt die Kordeln fest und bat mich, seine Frau Beate anzurufen, um ihr zu sagen, dass er schnellstmöglich einen Geburtshelfer brauche. Ich rief sofort bei ihr an und sie war auch schon gleich nach dem ersten Klingelton am Hörer und meldete sich mit einem kurzen „Hi". "Hallo Beate, hier kommt gerade ein Kälbchen falsch herum", unterbrach ich sie. Ohne meinen Satz zu Ende gebracht zu haben, kam ihre Antwort wie aus der Pistole geschossen –

„Bin schon unterwegs und bringe den Geburtshelfer mit!" Klaus und ich hielten weiterhin mit aller Kraft die Kordeln fest, welche um die Gelenke der Hinterbeine des Kleinen gebunden waren.

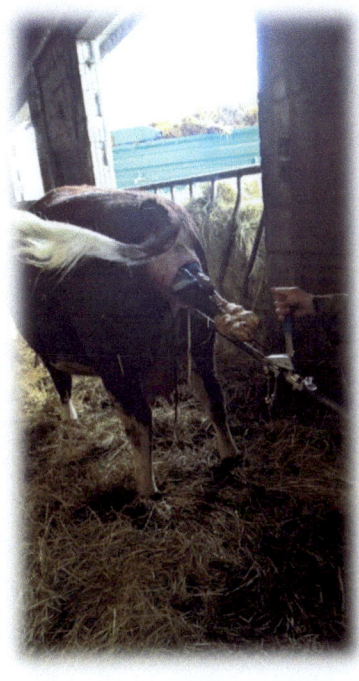

Es dauerte eine gefühlte Ewigkeit, bis Beate endlich da war. Dummerweise, aber auch irgendwie typisch für eine solche Situation, musste sie noch am Bahnübergang warten, bis sich die Schranke öffnete. Das Wohnhaus von Beate und Klaus befindet sich leider auf der anderen Seite der Bahnlinie. Die Mutterkuh versuchte permanent zu pressen, sie muss fürchterliche Wehen gehabt haben. Als Beate dann endlich mit dem Geburtshelfer im Stall angekommen war, ging es dann gleich weiter. Der Geburtshelfer bestand aus einer Metallstange mit einem Hebel und zwei Ringen. Am oberen Ende der Stange war ein Querbalken angebracht. Dieser wurde am Hinterteil der Kuh angelehnt und die Kordeln, die bereits an den Beinen des Kälbchens festgebunden waren, wurden an den dafür vorgesehenen Ringen befestigt.

Jetzt konnte mit Hilfe des Hebels an der Stange das Kalb mit viel Kraft aus der Kuh gezogen werden. Dabei war es wichtig, dass die „Zughilfe" immer im Rhythmus der Wehen erfolgte. Sobald die Kuh aufgehört hatte, zu pressen, hörte Klaus auch auf, den Hebel zu betätigen. Währenddessen hielt Beate die ganze Zeit den Schwanz der Kuh zur Seite. Klaus war sehr konzentriert, sodass er bei jeder Presswehe das Kälbchen nach und nach herausziehen konnte. Die Mutterkuh stand einfach nur da und ließ alles tapfer über sich ergehen.

In diesem Moment konnte ich nichts anderes tun, außer zuzuschauen und zu hoffen, dass alles gut gehen würde. Ich kann gar nicht beschreiben, was mir in dieser Zeit durch den Kopf ging, es war so furchtbar aufregend.

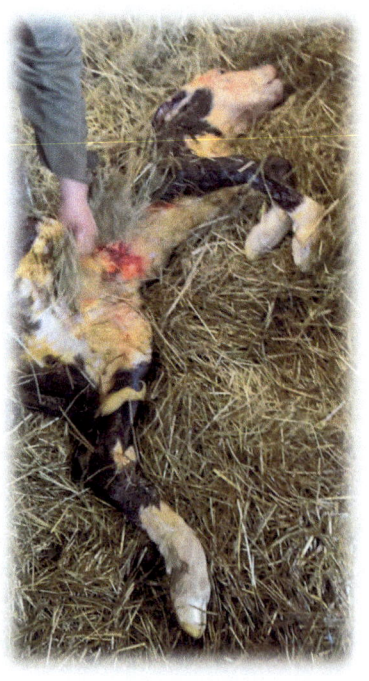

Die Hinterbeine waren schon komplett herausgezogen und das Schwierige war jetzt, das Hinterteil des Kälbchens durch die Scheidenöffnung der Kuh zu bekommen.

Beate half dabei mit ihren Händen noch etwas nach und als dann der Po des Kleinen draußen war, ging der Rest recht schnell. Das Kälbchen plumpste endlich aus der Kuh heraus und lag hinter ihr im Stroh. Seine Augen waren weit aufgerissen und das Mäulchen war offen, die Zunge hing seitlich heraus und es sah irgendwie leblos aus. „Es sieht tot aus", sagte ich traurig. Klaus schaute nach dem Kälbchen, stellte fest, dass es ein Mädchen ist und brummelte so etwas wie: „Ja scheint so". Dann ging er aus dem Stall.

Beate und ich standen nun bei dem vermeintlich Totgeborenen. Die Mutterkuh hatte noch nicht realisiert, dass ihr Baby hinter ihr lag. Als Beate meinte, ich solle das Kälbchen so richtig feste mit Stroh abrubbeln, schaute ich erst etwas verdutzt, nahm mir dann aber ein Bündel Stroh, kniete mich neben das Babykälbchen und rubbelte drauf los. Ich habe keine Ahnung wie lange es gedauert hatte, aber plötzlich gab das Kälbchen ein tiefes, röchelndes Atemgeräusch von sich.

Darauf folgten dann viele schnelle, kurze Atemzüge. „Es lebt, es lebt", rief ich voller Freude und konnte es nicht glauben: es war tatsächlich am Leben. In diesem Moment kam Klaus wieder zurück, schaute uns an und meinte: „Dann bist du jetzt offiziell Tante".

Ich überlegte einen kurzen Moment und sagte: „Dann ist das jetzt die Luise." Ich weiß nicht, wie ich darauf kam, aber Luise war der erste Name, der mir spontan eingefallen war.

In der Zwischenzeit hatte sich Luises Mama umgedreht und ange-fangen ihr Kleines mit voller Hingabe abzule-cken. Luise hob ihr niedliches Köpfchen an und schüttelte sich.

Sie hatte immer noch die Zunge seitlich aus dem Mäulchen hängen, als sie anfing, sich ein bisschen umzu-sehen und ihre Umge-bung wahrzunehmen.

Die anderen Kälb-chen standen neugierig um sie herum, so als ob sie Luise begrüßen wollten.

Zwischenzeitlich widmete ich mich wieder Paddys Box, die ja noch fertig ausgemistet werden musste. Ich streute frisches Stroh ein und anschließend füllte ich noch das Heunetz auf. Dabei schaute ich immer wieder zu Luise und ihrer Mama.

Die Kleine machte die ersten Versuche aufzustehen, konnte sich aber nicht halten und fiel immer wieder um. Beate war noch im Stall geblieben und sah sich das Schauspiel mit an. Luise stellte sich immer wieder auf die vorderen Fesselgelenke und plumpste dann zur Seite oder nach vorne. Nach genauerem Hinsehen konnte man erkennen, dass sie ihre Vorderbeine gar nicht gerade ausstrecken konnte.

Die Strecksehnen an beiden Vorderbeinchen waren durch die falsche Lage im Mutterleib nicht richtig entwickelt und somit verkürzt. „Oh nein", dachte ich. „Und was passiert jetzt?" fragte ich Beate. „Wir müssen die beiden jetzt erst mal separat stellen, damit das Kälbchen nicht von den anderen Kühen verletzt werden kann. Nicht, dass es übersehen wird und eine Kuh versehentlich drauftritt", meinte sie. „Und was ist mit den krummen Füßchen? Kann man da was machen?" wollte ich wissen. Ich machte mir große Sorgen. Die Geburt war schon schwer, dann ein „eigentlich" totes Kalb und jetzt auch noch behindert?

Beate erklärte mir, dass sowas wohl immer mal vorkommen könnte und wir jetzt erst einmal ein paar Tage abwarten müssten, um zu sehen, ob sich das von selbst verwächst. Ansonsten gäbe es auch noch die Möglichkeit, es mit Holzbrettchen zu schienen.

Diese Aussage beruhigte mich ein bisschen. Die Methode mit den Holzbrettchen fand ich allerdings etwas merkwürdig und hoffte, dass Luise auch ohne diese Hilfsmittel auf die Beine kommen würde.

Beate und Klaus öffneten das Tor des Kuhstalls und trieben Luises Mama auf die gegenüberliegende Seite des Hofes in die schon vorbereitete Notfallbox. Klaus nahm das Neugeborene auf den Arm, trug es zu seiner Mama und legte es ins frisch gemachte Strohbett. Bis zu diesem Moment hatte Luise noch immer keinen Schluck Milch von ihrer Mama getrunken. Man merkte ihr auch an, dass sie sehr müde war – schließlich hatte sie ja schon wirklich anstrengende und aufregende Erlebnisse in ihren ersten Lebensminuten hinter sich. Es war jetzt wichtig, dass die Kleine ihre erste Milch bekam, damit sie zu Kräften kommen und nicht krank werden würde.

Die Milch, die kurz nach der Geburt von der Kuh an das Kalb abgegeben wird, nennt sich Biestmilch, besser bekannt als Kolostralmilch. Diese Milch ist reich an Eiweiß, Vitaminen, Mineralien und anderen lebenswichtigen Inhaltsstoffen, die für das Immunsystem des Kalbes unerlässlich sind. (Ausbildungsinhalt Milchwirtschaftliche Lehranstalt Gelnhausen)

Klaus holte ein Halfter, welches er Luises Mama anlegte, damit er sie anbinden konnte. Es war gar nicht so leicht, die Kuh am Halfter zu halten, da sie das überhaupt nicht kannte. Die Kühe auf diesem Hof leben im Winter in einem großen Laufstall und stehen den Sommer über auf den umliegenden, großen Weiden.

Keine dieser Kühe kennt es, angebunden zu sein. Erst wehrte sich Luises Mama ein bisschen und versuchte sich loszureißen, aber als sie dann an dem Pfosten in der Ecke der Box festgebunden war, beruhigte sie sich recht schnell.

Inzwischen war Simone, die Tochter der Hofbesitzer zur Hilfe gekommen. Sie hatte einen Eimer, einen Messbecher, eine leere Flasche und einen Nuckel dabei. Scheinbar hatte Beate sie zwischendurch angerufen und sie gebeten, zum Stall zu kommen und alles Notwendige mitzubringen. Klaus stand am Kopf von Luises Mama, Beate kratzte sie zur Ablenkung mit einem Besen am Rücken, Simone hielt den Eimer in einer Hand und fasste mit der anderen Hand vorsichtig an das Euter. Sie tastete sich zu einer Zitze vor, hielt den Eimer darunter und fing an die Kuh zu melken. Luises Mama fand das erst mal gar nicht lustig und trat mit dem linken Hinterbein mehrmals nach vorne, um Simones Hand abzuwehren. Schon bald merkte sie aber, dass ihr niemand weh tat und blieb einigermaßen ruhig stehen. Sie war zwar noch sehr skeptisch und etwas angespannt, ließ den Melkvorgang aber schließlich doch über sich ergehen.

Genauso wenig wie angebunden zu sein, kennen es die Kühe von Beate und Klaus auch nicht, gemolken zu werden. Sie sind keine Milchkühe, sondern Fleischrinder, die dazu dienen, Nachwuchs zu bekommen, welcher dann irgendwann in die Fleischproduktion geht oder zur Weiterzucht genutzt wird. Die Kälbchen werden auch nicht sofort nach der Geburt von ihren Müttern getrennt, sondern bleiben mindestens 8 Monate bei ihnen und kommen auch im Sommer mit auf die Wiese.

Nachdem Simone bereits eine kleine Menge der klebrigen Biestmilch in den Eimer gemolken und anschließend in den Messbecher geschüttet hatte, den ich die ganze Zeit in der Hand hielt, füllte ich die Milch nun in die leere Flasche. Ich setzte den Nuckel darauf und ging damit zu Luise. Beate nahm mir die Flasche ab und bat mich, Luises Kopf anzuheben. Ich hockte mich neben sie, nahm ihr kleines Köpfchen in beide Hände und hob es etwas an. Beate hielt der Kleinen nun den Nuckel vor die Schnute und ich freute mich, dass sie jetzt endlich ihre kraftbringende erste Mahlzeit bekam. Leider wollte das Luischen die Flasche nicht gleich annehmen. Es schien, als wüsste sie nicht, was sie damit anfangen sollte.

Oder wollte sie vielleicht die Nahrungsaufnahme verweigern? „Bitte nicht noch ein Problem", dachte ich. Beate nahm schließlich die Flasche in die linke Hand und schob dann den Zeige- und Mittelfinger ihrer rechten Hand von oben in Luises Maul. Das Mäulchen öffnete sich dabei einen kleinen Spalt und Beate führte es vorsichtig über den Nuckel. Dabei tropfte sie gleichzeitig ein bisschen Milch auf Luises Zunge und zog dann ihre Finger wieder heraus. In diesem Moment fing Luise an zu saugen und zu schmatzen. Sie durfte so viel von der Milch trinken, wie sie wollte. Es war zu niedlich, wie zufrieden Luise mit ihrem Milchbärtchen aussah.

Ihre Mama wurde jetzt endlich von dem Halfter befreit und durfte zu ihrem Kälbchen. Sie legte sich gleich neben Luise und beide schlummerten dann eng aneinander gekuschelt in ihrer Box ein und genossen die Ruhe nach den großen Anstrengungen des Morgens.

Für mein Pferd hatte ich an diesem Tag leider keine Zeit mehr, aber das war auch nicht so schlimm. Paddy hat mir das bestimmt nicht übelgenommen.

Am nächsten Morgen fuhr ich als erstes zum Stall, um nachzusehen, ob Luise ihre erste Nacht gut überstanden hatte. Luises Mama lag beschützend hinter ihrem Baby im Stroh und die beiden ließen sich nicht stören. Ich ging in die Box hinein und begrüßte zuerst Luises Mama, in der Hoffnung, dass sie mir nichts tun würde. Aufgrund des ausgeprägten Schutzinstinktes verteidigen Mutterkühe ihre Kälbchen nämlich oftmals energisch. In meiner linken Hand hatte ich eine Karotte, die ich Luises Mama vor die Nase hielt. Sie streckte ihre lange, raue Zunge heraus, schlang sie um die Möhre, zog sie in ihr Maul und kaute mit Genuss darauf herum. Währenddessen kraulte ich sie hinter den Ohren, was ihr sichtlich zu gefallen schien. Sie machte auch keine Anstalten, aufzustehen.

Vorsichtig näherte ich mich der kleinen Luise und streichelte sie am Kopf und am Hals. Ihre Mama hatte ich immer im Augenwinkel, da ich ihr noch nicht so richtig trauen wollte. Scheinbar schien es ihr aber nichts auszumachen, dass ich mich mit ihrem Kälbchen beschäftigte.

Ich streichelte nun auch Luises Vorderbeine bis hinunter zu den Klauen. Dann begann ich ihre Fesselgelenke vorsichtig zu bewegen. Sie und ihre Mama schauten mir dabei aufmerksam zu. So langsam vertraute ich Luises Mama immer mehr und sie schien zu akzeptieren, dass ich ihr Kälbchen anfasste.

„Wer weiß, vielleicht hat sie sich ja gemerkt, dass ich ihr Kleines zum Leben erweckt habe und weiß, dass ich der kleinen Luise nur Gutes tun möchte? Kühe sollen ja ausgesprochen intelligente Wesen sein."

Luises Mama stand irgendwann auf und ging zum Tränkebecken, um dort Wasser zu trinken. Als sie fertig getrunken hatte, widmete sie sich ihrem Heu und frühstückte erst mal ausgiebig. Nach einiger Zeit traute ich mich, Luise einfach unter die Ellenbogen zu fassen und sie an das Euter ihrer Mama zu ziehen.

Dort angekommen, hob ich ihr Köpfchen an und führte es zu einer Zitze, die Luise sofort ins Mäulchen nahm und kräftig daran saugte. „Da hat aber jemand Kohldampf", dachte ich und freute mich sehr darüber, dass sie trank.

Was mir aber überhaupt nicht aus dem Kopf ging, waren die krummen Füßchen. „Ob Luise jemals aufstehen und mit ihren Altersgenossen auf der Wiese herumspringen kann? Was passiert, wenn sie behindert bleibt?"

Ich durfte gar nicht darüber nachdenken. Jetzt war wohl besser positives Denken angesagt! „Luise hat so eine schwere Geburt überstanden, dann wird sie es auch schaffen, aufzustehen", sagte ich zu mir selbst.

Die Kleine hatte wohl großen Hunger, sie hatte nun die nächste Zitze in Angriff genommen und trank dort auch gleich weiter. „Gut so", dachte ich, „wenn sie genug trinkt, hat sie bestimmt auch bald genug Kraft, um sich aufzustellen". Doch leider schlugen ihre Aufstehversuche auch weiterhin fehl. Sie kam zwar auf die Hinterbeine, aber vorne ging leider nichts. So oft sie sich bemühte, fiel sie auch wieder um. Aber – sie kämpfte.

Bevor ich zur Arbeit musste, hatte ich noch Zeit, mich um mein Pferd zu kümmern. Da ich schon früh am Stall war, standen alle Pferde noch in ihren Boxen. Also brachte ich zuerst die Pferde auf ihre Koppeln und mistete danach Paddys Box. Auf jedem Weg zum Misthaufen oder zum Stroh und Heu warf ich einen Blick zu Luise und ihrer Mama. Es war alles harmonisch bei den beiden und Luises Mama ging sehr liebevoll mit ihrem Kälbchen um.

Am liebsten wäre ich den ganzen Tag im Stall geblieben und hätte den beiden zugeschaut, aber es gab ja noch andere Pflichten. Ich holte Paddy wieder von der Koppel, putzte und sattelte ihn und ging erst mal auf den nahegelegenen Reitplatz zum Reiten.

Nach einer guten Stunde war ich wieder zurück am Stall. Luise und ihre Mama lagen in ihrer Box und schliefen.

Ich versorgte Paddy und brachte ihn anschließend zu seinen Kumpels auf die Wiese. Danach musste ich leider los, denn die Arbeit rief.

Der nächste Tag war angebrochen. Heute war es nicht möglich zuerst in den Stall zu fahren, da ich früh morgens schon zwei Termine wahrnehmen musste. Danach konnte ich es aber kaum abwarten, endlich zu Luise zu kommen. Dort angekommen war ich völlig überwältigt, als ich mich Luises Box näherte. Sie stand neben ihrer Mama, das Mäulchen am Euter und sie trank im Stehen. Ich konnte es nicht glauben, „Luise steht! Sie kann stehen!" Ich strahlte vor Freude und ging gleich in die Box zu den beiden. Luise war noch ein bisschen wackelig, aber sie stand tatsächlich auf ihren Klauen.

Wer hätte das gedacht, dass sie schon am dritten Lebenstag aufstehen würde? Ihre Mama bekam von mir wieder eine Karotte, bevor ich mich ihrem Kälbchen näherte. Luise hatte aufgehört zu trinken und sah mich verschmitzt an. Ich ging zu ihr, hockte mich neben sie und kraulte sie an den Vorderbeinchen. Nach wenigen Minuten legte sie sich einfach hin und ich streichelte sie im Liegen weiter. Bestimmt musste sie sich jetzt erst mal ausruhen vom Stehen, es war sicherlich anstrengend, sich auszubalancieren, ohne dabei umzufallen.

Luises Mama kaute zufrieden auf ihrem Heu herum und hatte wohl weiterhin kein Problem damit, dass ich mich ihrem Kälbchen zuwandte. Der Tag war gerettet, ich war überglücklich und meine Laune war fantastisch.

KAPITEL ZWEI:
ZURÜCK IN DER HERDE

Es vergingen sieben Tage, die Luise und ihre Mama noch allein in ihrer Box verbrachten. Jeden Tag besuchte ich die beiden und schenkte ihnen ein bisschen Zeit. Mittlerweile hatte mich Luises Mama voll akzeptiert und ich hatte sogar das Gefühl, dass ihr meine Anwesenheit recht gut gefiel. Schließlich gab es ja auch immer eine Karotte zur Begrüßung und gekrault wurde sie auch. Während ich sie hinter den Ohren kratzte, drehte sie meistens den Kopf in meine Richtung und leckte mit ihrer rauen Zunge liebevoll über meine Schuhe und meine Hose. Es schien, als wollte sie mir damit ihre Zuneigung zeigen.

Luise stupste mich immer wieder mit ihrem Näschen an und hüpfte dann, noch etwas wackelig, wieder zurück. Wahrscheinlich wollte sie mich damit zum Spielen animieren. Sobald ich dann auf sie zuging, sprang sie mit den Vorderbeinchen abwechselnd nach rechts und nach links und schüttelte sich dabei. Es machte unheimlich viel Spaß, Luises Spielereien mitzumachen und mit ihr in der Box herumzualbern. Wenn sie die Lust zum Spielen verlor, kam sie zu mir, kuschelte sich mit ihrem Köpfchen an meinen Körper und ließ sich knuddeln. Jedes Mal, wenn ich anfing, ihre Beine zu streicheln, legte sie sich hin und genoss es, von mir berührt zu werden. Manchmal bekam die Kleine sogar doppelte Streicheleinheiten, denn ihre Mama leckte sie zusätzlich noch am Kopf ab.

Die beiden strahlten so viel Ruhe aus und gaben mir damit immer das Gefühl, angenommen zu sein und dazu zu gehören. Jeden Tag freute ich mich darauf, die kleine Luise zu sehen und war gespannt, wie sie sich entwickeln würde. Am achten Tag jedoch kam ich in den Stall und die Box von Luise und ihrer Mama war leer. Im ersten Moment überkam mich ein merkwürdiges und flaues Gefühl, aber dann beruhigte ich mich. Wo sollten die beiden denn schon sein, wenn nicht wieder in der Herde, bei den anderen Kühen?

Ich ging in den Stall und schaute mich nach Luise um, allerdings konnte ich sie nicht auf Anhieb finden. Erst beim genaueren Hinsehen sah ich sie Rücken an Rücken mit einem anderen Kälbchen im frischen Stroh liegen.

Die beiden schliefen tief und fest und ließen sich nicht stören. „Bestimmt haben die Kälbchen erst mal ausgiebig herumgetollt und sich über Luises Anwesenheit gefreut, deshalb sind sie so müde," dachte ich mir.

Minutenlang beobachtete ich die kleine Luise, wie ruhig sie da lag und dabei gleichmäßig tief ein- und ausatmete. Ihre Mama stand währenddessen mit einigen anderen Kühen am vorderen Ende des Stalls und fraß Heu.

Als ich bemerkte, dass Luise anfing zu blinzeln und ihr Köpfchen leicht anzuheben, entschloss ich mich, zu ihr zu gehen. Ich quetschte mich durch die Spalten des Stalltors und näherte mich der Kleinen ganz vorsichtig. Die Kühe und Kälber, die rund herum verteilt im Stall standen, schauten mich zwar an, zeigten aber keinerlei Abwehrreaktionen gegen mich. Luise blieb seelenruhig liegen und ich setzte mich neben sie ins Stroh, streichelte sie und sprach mit ihr. Sie legte ihr Köpfchen auf mein Bein und fing an meine Hand abzuschlecken. Ich freute mich sehr für Luise und ihre Mama, dass sie nun wieder in der Herde sein durften.

Da Kühe Herdentiere sind, fühlen sie sich ausgesprochen wohl, wenn sie mit ihren Artgenossen zusammenleben können. Wie in anderen Herden auch, gibt es bei den Kühen ebenfalls eine Rangordnung. Diese wird über Rangkämpfe zwischen den einzelnen Tieren geregelt. Ist die Reihenfolge geklärt, halten die Kühe untereinander einen Mindestabstand ein, welcher sich am Rang orientiert. (Quelle: www.praxis-agrar.de)

Obwohl die beiden nun etwas länger als eine Woche von der Herde getrennt waren, schien es, als wäre Luises Mama mit ihrem Kälbchen problemlos und ohne Machtkämpfe empfangen und wieder integriert worden. Während ich mit Luise kuschelte, kamen noch andere Kälbchen mit neugierigen Blicken in unsere Nähe.

Ich glaube, sie konnten nicht einschätzen, was ich da gerade bei dem „neuen" Herdenmitglied machte. Mutig kam mir das Größte der Kälber näher. Es fing an, an mir zu schnuppern, aber als ich ihm meine Hand entgegenstreckte, wich es dann doch wieder zurück. Plötzlich bekam ich von der Seite einen unsanften Stoß an meinen rechten Arm, der über Luises Rücken lag. Erschrocken schaute ich mich um und sah, dass es Luises Mama gewesen war, die mich angeschubst hatte. „Sie war doch sonst immer so nett zu mir und ich dachte, sie mag mich."

Enttäuscht stand ich auf und wollte mich von Luise entfernen, weil ich die Befürchtung hatte, dass das Verhalten in der Herde jetzt anders sein würde und ich nicht mehr so akzeptiert wäre wie in der Box. Doch Luises Mama lief mir nach und stieß mich wieder mit ihrer Nase an. Ich drehte mich zu ihr um und ging rückwärts. Sie sah mich mit ihren großen, lieben Augen fragend an und kam mir immer näher. Ich war mir nicht sicher, wie ich reagieren sollte und streckte ihr einfach meine Hand entgegen. Sofort fing sie an mit ihrer Zunge meine Handfläche abzulecken, als würde sie etwas zu fressen haben wollen. In diesem Moment fiel es mir wie Schuppen von den Augen: "Die Möhre – ich habe keine Möhre dabei, wie konnte ich das vergessen?" „Einen Moment, ich bin gleich wieder da" sagte ich und eilte aus dem Stall, um eine große Karotte zu holen.

Luises Mama verfolgte mich mit ihrem Blick und ließ mich nicht aus den Augen, bis ich wieder bei ihr war. Sie streckte mir ihren Kopf entgegen, um schneller an die Karotte zu kommen.

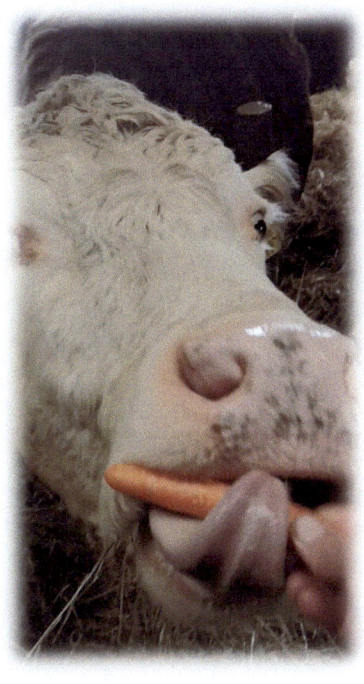

Mit Begeisterung kaute sie auf der Möhre herum und war sehr zufrieden. Ich konnte mich wieder direkt neben sie stellen und sie hinter den Ohren kraulen, so wie sie es schon aus den vergangenen Tagen von mir kannte. In diesem Augenblick wurde mir klar, dass sich Luises Mama mit dem Anschubsen nur bemerkbar machen wollte, damit sie ihre „tägliche" Karotte zur Begrüßung bekam.

„Schlaues Tier", dachte ich. „Das Stoßen mit ihrem Kopf war in diesem Falle wohl keineswegs gegen mich gerichtet, sondern lediglich eine Aufforderung, so mit ihr umzugehen, wie sie es von mir seit Luises Geburt gewohnt war."

Unterdessen kam Luise freudig angewackelt und bediente sich erst mal an der Milchbar ihrer Mama. Beim Saugen schmatzte sie heftig und stieß, während sie die Zitze im Maul behielt, immer wieder mit ihrer Nase gegen das Euter. Es schien als könnte es ihr nicht schnell genug gehen.

Durch das Anstoßen regt das Kalb den Milchfluss im Euter an. Dabei strömt das Hormon Oxytocin in die Blutbahn und bewirkt, dass die Milch in die entsprechenden Kanäle im Euter gedrückt wird. (Info Hofbesitzer)

Nach einigen Minuten kam Luise zu mir, schmiegte ihr Köpfchen an mich, schmierte dabei ihren Milchbart an meiner Jacke ab und wollte dann spielen. Sie hüpfte wieder hin und her und war so energiegeladen, dass sie sogar versuchte, regelrechte Bocksprünge zu machen. Doch dafür war sie noch nicht stabil genug auf den Vorderbeinchen und fiel erst mal ins Stroh. Ohne zu zögern, stand sie aber wieder auf, schüttelte sich und sah sich um. Zwei andere Kälbchen kamen auf Luise zu und stupsten die Kleine einladend an, so wie es Luise auch bei mir schon gemacht hatte. Sie verstand auf Anhieb, was die beiden von ihr wollten – spielen, was denn sonst?

Sie sprang ihnen hinterher und binnen Sekunden ließen sich alle anderen Kälbchen von dem Rumgetolle anstecken. Alle Jungtiere tobten herum, rannten bockend durch den Stall und freuten sich ihres Lebens. Interessanterweise gingen die Muttertiere aus dem Weg, sodass die kleinen Hüpfer genug Platz hatten. Luise war der Tumult noch nicht so geheuer, sie gab aber ihr Bestes und sprang mit den anderen herum, so gut sie eben konnte. Ich stand grinsend am Rand bei den Mutterkühen und genoss es, die Kälber beim Spielen zu beobachten. Einfach schön, wie unbefangen und fröhlich diese kleinen Lebewesen gemeinsam ihre Lebendigkeit zum Ausdruck brachten.

Es verging kein Tag, an dem ich Luise nicht besuchte. Immer wenn ich bei meinem Pferd war, plante ich noch genug Zeit ein, um mich mit der Kleinen zu beschäftigen. Natürlich durfte ich die Karotte für Luises Mama nicht vergessen, bevor sie sich wieder beschwerte. Das Anstupsen einer erwachsenen Kuh ist, auch wenn es nicht böse gemeint ist, deutlich heftiger als das von einem Kälbchen. Aber woher sollen die Kühe schon wissen, wieviel Kraft sie bei einem liebevollen Stoß ausüben?

Im Laufe der Zeit wurde Luise immer sicherer auf den Beinen. Ihre Vorderbeinchen waren noch immer leicht gekrümmt, aber sie konnte sich gut damit bewegen. Man konnte richtig sehen, wie wohl sie sich unter ihren Altersgenossen fühlte. Manchmal leckten sich die Kälbchen sogar gegenseitig das Fell. Mir fiel beim Beobachten der Tiere auf, dass sich sowohl die Kälber als auch die erwachsenen Kühe gegenseitig zum Ablecken animierten. Dies geschah, indem sie sich mit gesenktem, leicht zur Seite geneigtem Kopf zu der entsprechenden „Kuhfreundin" stellten. Reagierte die andere Kuh nicht auf diese einladende Geste, wurde sie in diesem Fall auch mit der Nase angestoßen. Mir wurde klar, dass das Anstupsen scheinbar mehrere Bedeutungen hatte. Nämlich „Spiel mit mir!", „Gib mir eine Karotte!" oder „Mach Fellpflege mit mir!" „Wie viele andere Bedeutungen das Nasestupsen bei den Kühen untereinander wohl noch hat?" fragte ich mich.

Luises Papa war ein großer, kräftiger Bulle, der gemeinsam mit den Kühen und ihren Kälbern in der Herde lebte.

Vor ihm hatte ich wahnsinnigen Respekt und vermied es, ihm zu nahe zu kommen.

Einmal stand er am Tränkebecken und ich stand außerhalb des Stalls. Von außen traute ich mich sogar, ihn an der Schulter zu streicheln. Doch streicheln reichte offenbar nicht aus. Beate war gerade auf dem Hof und sah, dass ich bei dem Bullen stand. „Eigentlich ist er ganz lieb und möchte Zuwendung", sagte sie. „Aber sei vorsichtig, er weiß nicht wieviel Kraft er hat". Sie nahm eine Mistgabel zur Hand und kratzte dem großen Tier mit den Zinken den Rücken. Der Bulle fand das großartig, er lehnte sich regelrecht gegen die Gabel, um den Druck selbst zu verstärken. Dabei streckte er den Kopf schräg nach vorne, als wollte er uns damit zeigen, wie sehr ihm das Kratzen gefiel. Als Beate aufhörte mit der Mistgabel zu schubbern, kam prompt eine Beschwerde. Der Bulle schaute in unsere Richtung und schnickte seine Nase auffordernd nach vorne. So kam dann schon die nächste Bedeutung für das Nasestupsen dazu: „Nicht aufhören!" oder „Mach weiter!" „Die Kuhsprache scheint ja gar nicht so schwer zu sein", war mein Gedanke.

Nach etwa einer Woche in der Herde kannte Luise bereits ihren Namen. Jedes Mal, wenn ich sie rief, hob sie ihr Köpfchen und kam freudig zu mir. Es sei denn sie lag im Stroh, dann schaute sie mich an und wartete, bis ich zu ihr ging und mich neben sie setzte, um mit ihr zu kuscheln.

Immer wenn ich mit Luise im Stroh saß oder neben ihr lag, konnte ich einfach alles um mich herum vergessen.

Mir fiel auf, dass Kühe zu den verschiedenen Tageszeiten bestimmte Verhaltensweisen zeigten. Wenn ich morgens im Stall war, standen immer alle nebeneinander am Heu und fraßen. In dieser Zeit war Spielstunde bei den Kälbchen angesagt. Die Kleinen hüpften im Stall herum und teilweise konnte ich beobachten, wie sie sich gegenseitig sogar mit den Köpfen stießen, so als würden sie sich zum Kämpfen auffordern wollen.

Um die Mittagszeit lag fast die gesamte Herde, einschließlich der Kälber im Stall. Nur wenige Rinder standen und dösten vor sich hin. Ich dachte, die Kühe würden sich ausruhen, aber sie waren die ganze Zeit mit Kauen beschäftigt. Hin und wieder hörte man sogar ein Rülpsen.

Da Kühe Wiederkäuer sind, schlucken sie die Nahrung zunächst fast unzerkaut. Durch das Wiederkäuen wird das Futter dann erst richtig zerkleinert. Die pflanzliche Nahrung ist schwer verdaulich, deshalb ist der Verdauungsapparat mit vier Mägen ausgestattet. Dort sorgen Mikroorganismen dafür, dass die Nahrung aufgespalten wird und Nährstoffe herausgelöst werden. Die Kuh würgt dann den Futterbrei hoch und zerkleinert ihn durch den Kauvorgang weiter. Interessanterweise sind Kühe täglich fünf bis neun Stunden mit Wiederkäuen beschäftigt. (Ausbildungsinhalt Milchwirtschaftliche Lehranstalt Gelnhausen)

Zwischendurch lagen die Kühe sogar immer mal wieder komplett auf der Seite und hatten alle Viere von sich gestreckt. Das Hinlegen und Aufstehen der Kühe sah für mich anfangs etwas merkwürdig aus. Ich beobachtete diese Vorgänge einige Male, bis mir auffiel, dass sie sich beim

Hinlegen zuerst mit den Vorderbeinen ablegen. Das Aufstehen hingegen erfolgt zuerst mit den Hinterbeinen. Sozusagen andersherum, als bei den Pferden.

Gegen Nachmittag war die Herde dann wieder überwiegend mit Fressen beschäftigt. Völlig stressfrei bewegten sich die Tiere nach und nach vom Heu zur Tränke, um Wasser zu trinken und gingen dann wieder zurück zum Heu. Irgendwann legten sie sich wieder ab und begannen mit dem Wiederkäuen. So verhalten sich die Kühe von morgens bis abends: fressen, trinken, wiederkäuen, schlafen und ruhen, sich gegenseitig ablecken und sich natürlich rührend um ihre Kälbchen kümmern. Es gab noch einige Kühe in der Herde, die ihr Kalb noch nicht zur Welt gebracht hatten. Jeden Tag, wenn ich zu Luise kam, schaute ich, ob wieder ein neues Baby das Licht der Welt erblickt hatte. Ich freute mich über jedes einzelne, das gesund und ohne Probleme geboren wurde. Es schien, als würden sich die Kälbchen ebenso über die Neugeborenen freuen. Neugierig wurden die Kleinsten beobachtet und beschnuppert und in der Herde willkommen geheißen.

Mittlerweile war es Mitte April und das Wetter schon fast sommerlich. Langsam, aber sicher ging es auf die Weidezeit zu. Die Mutterkühe kannten das natürlich schon seit vielen Jahren, doch die Kälbchen durften in diesem Jahr zum ersten Mal die Freiheit auf der Wiese genießen. Wann es so weit sein sollte, wusste ich nicht genau, das wollte ich aber in Erfahrung bringen. Als ich eines Morgens mit meinem Auto vor dem Stall parkte, sah ich, dass auf der hinteren Hofseite ein recht großer LKW stand.

Ich stieg aus meinem Auto aus und musste den Vorder-
eingang des Stalls benutzen, um hineinzukommen. Die Kälbchen waren außer Rand und Band und sprangen völlig verrückt im Stall herum. Ihre Mamas standen draußen auf dem
Hof in einem Viehtriebwagen, mit dem die Kühe eigentlich
zur Weide gebracht werden.

Ich wusste nicht, was da gerade los war und rief erst mal
Luises Namen, in der Hoffnung, sie würde zu mir kommen.
Sie blieb jedoch nur kurz stehen, schaute mich an und rannte
weiter durch den Stall. Furchtbar aufgeregt muhten die Kälbchen, um ihre Mamas zu rufen und die Mutterkühe antwor-
teten ihren Kleinen.

„Was ist hier denn los? Man kann doch nicht einfach die
Mamas von ihren Kälbern trennen!", dachte ich mir. Genau
in diesem Augenblick ging das Stalltor auf und eine Mutterkuh wurde wieder hineingelassen. Als ich mich dem Geschehen noch etwas weiter näherte, sah ich, was der Grund für
diesen Aufwand war.

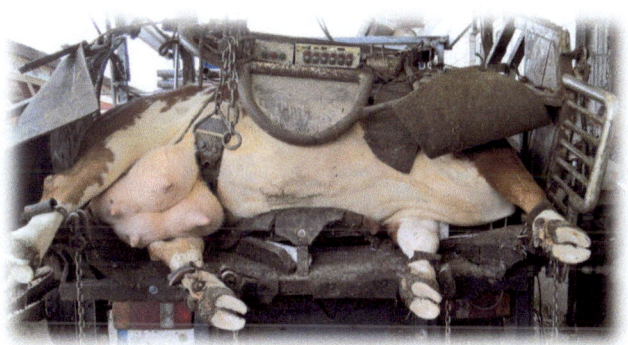

Der LKW war ein Klauenmobil, welches jedes Jahr kommt, damit den Kühen die Klauen geschnitten werden können.

Kühe sind Paarhufer und zur regelmäßigen Gesundheitsvorsorge des Rinderbestandes gehört auch die Klauenpflege. Dazu werden die Kühe einzeln in eine Schleuse geschickt, die sich am hinteren Teil des LKWs befindet. Diese Schleuse wird verschlossen und die Kuh wird mit Gurten fixiert. Angetrieben durch einen Motor, wird nun die gesamte Schleuse inklusive Kuh auf die Seite gelegt, sodass die Pfleger problemlos an den Klauen der Kühe arbeiten können. (Info Hofbesitzer)

So ging eine Kuh nach der anderen in die Schleuse zur „Maniküre und Pediküre" und danach gleich wieder zurück in den Stall zu den Kälbchen. Interessanterweise ließen sich die Kühe diesen Vorgang recht gut gefallen. Bestimmt waren sie alle ein bisschen aufgeregt, aber im Großen und Ganzen lief alles sehr ruhig und unproblematisch ab. Ein kompletter Tag ging für die Klauenpflege der Tiere drauf, aber danach waren alle bereit für die bevorstehende Weidesaison.

Darüber hinaus waren allerdings noch andere Vorbereitungen zu treffen, bevor es endlich auf die Wiese gehen konnte. Die Weidezäune wurden kontrolliert und gegebenenfalls repariert und große Wasserfässer mussten gefüllt werden, um sie auf den umliegenden Weiden zu platzieren.

Diese Arbeitsmaßnahmen dauerten ein paar Tage und ich hatte den Eindruck, dass die erwachsenen Kühe genau spürten, dass es jetzt bald raus ins Grüne gehen würde.

Sie waren besonders aufgeweckt, muhten öfter als sonst und es schien, als könnten sie es kaum abwarten endlich auf die Weide zu dürfen.

Eines Nachmittags fuhr ich nach der Arbeit zum Stall und fand absolute Leere und Stille vor. Alle Kühe waren schon draußen. Es waren insgesamt vier Herden, die auf den umliegenden Wiesen verteilt worden waren. Ich machte mich sofort auf den Weg, um nachzusehen auf welcher Weide Luise nun ihr neues Zuhause gefunden hatte.

KAPITEL DREI:
EIN SOMMER AUF DER WEIDE

Ich musste nur ein paar hundert Meter laufen, bis ich die richtige Wiese erreicht hatte. Von Weitem konnte ich schon sehen wie energiegeladen und fröhlich die Kälbchen samt ihren Mamas über die große Weide sprangen und ihre neue Freiheit willkommen hießen. Ein himmlisches Gefühl der Freude überkam mich bei diesem wundervollen Anblick. Etliche Minuten stand ich bewegungslos am Weidezaun und sah den Tieren dabei zu, wie sie sich ungebremst austobten. Voller Begeisterung galoppierten sie mit wabbelnden Eutern kreuz und quer über die Wiese und schlugen Haken, wie man es sich bei Kühen eigentlich gar nicht vorstellen kann.

Die Kälbchen hatten eine eigene kleine Gemeinschaft gebildet und flitzten aufgedreht in alle Richtungen hin und her. Schließlich war es das erste Mal, dass sie die große Freiheit mit so viel Platz erleben durften.

In diesem Gewusel konnte ich Luise zuerst gar nicht finden. Selbst wenn ich sie gerufen hätte, hätte sie mir in dieser aufregenden Situation bestimmt keine Aufmerksamkeit geschenkt. So stand ich noch eine ganze Weile mit einem Grinsen im Gesicht vor der Wiese und beobachtete das Spektakel der Herde. „Genau so sehen glückliche Kühe aus", dachte ich, und entfernte mich erst einmal wieder von den Kühen, um mich um mein Pferd zu kümmern.

Wie jeden Tag mistete ich zuerst Paddys Box und wollte ihn anschließend von der Koppel holen. Als ich auf ihn zukam, stand er hochinteressiert, mit aufgerichtetem Hals am Zaun und konnte von dort aus in der Ferne die Kühe auf der Weide sehen. Seine Aufmerksamkeit war so sehr auf die Kuhherde gerichtet, dass er überhaupt nicht bemerkte, dass ich mich ihm näherte. Erst als ich schon fast neben ihm stand und leise seinen Namen rief, schaute er mich mit großen Augen an. „Na du, wollen wir uns das mal aus der Nähe anschauen?" fragte ich ihn. Er schnaubte und ich deutete das als „Ja, das machen wir". Also zog ich Paddy das Halfter an und ging mit ihm in Richtung der Kuhwiesen. Er war etwas irritiert, weil die einst leeren Weideflächen jetzt voll mit Kühen und Kälbchen waren. Etwas angespannt, aber trotzdem lieb, behielt er die Herde genau im Auge und wir konnten ohne Probleme an der ersten Wiese vorbeilaufen.

Am Ende des Weges bogen wir links in einen Feldweg ab, der zwischen zwei Weiden entlang ging. Paddy schaute abwechselnd nach links und rechts zu den Kühen. Ich glaube, er merkte relativ schnell, dass das die Kühe waren, die vorher im Stall standen.

Mutig ging er an den Zaun und beobachtete die Herde. Eine Kuh kam auf uns zugelaufen und streckte neugierig ihre Nase darüber, um ihm näher zu kommen. Die beiden beschnupperten sich kurz und damit schien für mein Pferd alles in Ordnung zu sein. Er senkte den Kopf und fing an Gras zu fressen. Völlig entspannt stand er nun zwischen den beiden Weiden, ließ sich nicht von den Kühen stören und fraß ein paar Minuten von dem köstlichen, frischen Gras am Wegesrand. Wir liefen dann den Weg weiter und die Kühe folgten uns ein Stück entlang des Zaunes. Ich freute mich sehr darüber, dass mein Pferd keine Angst vor ihnen zeigte und ging beruhigt mit ihm zurück zum Stall, wo ich ihn wieder zu seinen Pferdekumpels auf die Koppel stellte.

Bedingt durch ihren Fluchtinstinkt haben Pferde oft Angst vor Kühen. Bei Ausritten ist es manchmal nicht zu vermeiden, an einer Kuhweide vorbeizureiten. Laufen die Rinder dann unverhofft auf das Pferd zu, kann es passieren, dass sich das Pferd bedroht fühlt und losrennt. Es kostet viel Geduld und Ruhe, ein ängstliches Pferd daran zu gewöhnen, furchtlos an Kühen vorbeizugehen. (eigenes Wissen)

Nachdem ich im Stall Paddys Futter für den Abend vorbereitet hatte, entschloss ich mich, noch mal nach Luise zu schauen.

Die Herde hatte sich inzwischen beruhigt und die Kühe und Kälber lagen erschöpft auf ihrer Weide. Ich kletterte über das Gatter und hielt nach Luise Ausschau. Direkt am Zaun lag ein Kälbchen flach auf der Seite und ich erkannte an der Zeichnung der braunen Flecken, dass es Luise war.

Als ich ihren Namen rief, hob sie sofort ihr Köpfchen und schaute mich müde an. Ich setzte mich zu meiner Kleinen ins frische Grün und beobachtete mit ihr gemeinsam, was um uns herum geschah. Hin und wieder kamen Fußgänger und Radfahrer an der Weide vorbei.

Einige blieben sogar stehen und blickten für einen Augenblick zu den zufriedenen Kühen. Andere waren gar nicht interessiert und gingen einfach vorbei.

Luises Fell war so angenehm weich, dass ich mich einfach an sie kuscheln musste. Ich legte mich neben sie, meinen Kopf auf ihrer Schulter und genoss die himmlische Ruhe. Nach kurzer Zeit der Stille kam ein lauter Traktor näher und hielt direkt neben uns auf dem Weg an. Es war Beate, sie stellte den Motor ab und stieg aus. Nach einem kurzen „Hallo" meinte sie: „Nimm dich bloß vor dem Bullen in Acht, der ist nicht so ganz ohne". Im ersten Moment war ich etwas verwundert, denn Luises Papa war sonst im Stall ja immer sehr friedlich. „Schau, dort am Wasserfass steht er", sagte sie.

Ich sah hinüber und konnte einen hübschen braunen Bullen erkennen, der erst seit Kurzem auf dem Hof lebte und bisher in einer Einzelbox gestanden hatte. „Er soll diesen Sommer in der Herde für Nachwuchs sorgen", meinte Beate. „Und wo ist Luises Papa?" fragte ich. „Er darf seine Gene nun in einer anderen Herde weitergeben. Dort hinten auf der anderen Weide steht er", antwortete sie. „Ok" sagte ich „dann weiß ich Bescheid". Beate und ich quatschten noch einen Moment über alles Mögliche und schließlich stieg sie wieder in den Traktor und fuhr Richtung Stall davon.

Ich hoffte, dass der neue „Mann" in der Herde keine Probleme machen würde und behielt ihn ab sofort immer im Auge. Der Gedanke daran, dass er irgendwann anfangen würde seine Kuhdamen zu verteidigen und versuchen könnte, mich zu verjagen, machte mir ein wenig Angst. Luise war unterdessen aufgestanden und zu ihrer Mama gelaufen, um Milch zu trinken. Ich nutzte die Gelegenheit, um die Weide zu verlassen. Irgendwie fühlte ich mich plötzlich von dem Bullen beobachtet.

Am Tag darauf konnte ich Luise erst nachmittags besuchen. Ich stieg über den Zaun und lief rechts am Rand der Weide entlang, wo sie durch Gebüsch und Bäume abgegrenzt war. Der Zaun war in einer Höhe, in der man gut drunter durchschlüpfen konnte. Ich dachte immer noch an den Bullen, der mir vielleicht auf die Pelle rücken könnte. Mein Blick wanderte über die große Wiese und in weiter Ferne sah ich ihn stehen. Er war mit Fressen beschäftigt und hatte mich noch nicht bemerkt.

Einige Kühe lagen an der Seite der Weide im Schatten des Gebüschs, Luise und ihre Mama etwas abseits von den anderen in der Sonne. Ich näherte mich den beiden vorsichtig, um sie nicht aufzuschrecken. Luise sah mich mit ihrem niedlichen Blick an und ich setzte mich neben sie, um sie zu begrüßen. Ich streichelte sie am Köpfchen und an der Schulter. Nebenbei bekam Luises Mama noch ihre Möhre, die sie dankbar annahm.

Ganz entspannt blieben die beiden liegen und ich legte mich einfach dazu, so als wäre es die normalste Sache der Welt. Die Sonne war für Ende April ungewöhnlich heiß und Luises Fell fühlte sich angenehm warm an. Ich blieb eine Zeitlang an ihre Schulter gelehnt auf der Wiese liegen und freute mich über das schöne Wetter. Es beruhigte mich, dass die Herde auf der Weide genauso gelassen auf mich reagierte wie im Stall. Den Bullen hatte ich allerdings immer im Auge.

Ein kleines Bullenkälbchen schien unterdessen äußerst neugierig zu sein, denn es näherte sich uns vorsichtig und streckte mir sein Näschen entgegen. Ich bewegte mich nicht und ließ den Kleinen näherkommen, bis er an meinem Bein schnupperte. Er wurde immer mutiger und schnüffelte nun an mir und Luise herum. Luise fühlte sich wohl in ihrer Ruhe gestört und ich spürte, dass sie aufstehen wollte. Also richtete ich mich auf und als Luise stand, sprang der kleine, neugierige Bulle ein paar Meter von uns weg. Luise wich mir allerdings nicht von der Seite. Ich ging allmählich Richtung Ausgang und sie begleitete mich bis zum Tor. Dort verabschiedete ich mich von ihr und es fiel mir unsagbar schwer, weg zu gehen, so wie sie mich mit ihren treuen Augen ansah.

„Tschüss, bis morgen", sagte ich zu Luise, verließ die Weide und lief gut gelaunt den Weg entlang zum Stall. Niemals hätte ich gedacht, dass ein kleines Kälbchen so viel Freude in mein Leben bringen könnte.

Wie fast jeden Tag lief ich auch am nächsten Morgen zur Weide, um Luise zu sehen. Ich rief ihren Namen und war überrascht, als sie plötzlich angesprungen kam und völlig energiegeladen vor mir herumhüpfte. Das war so niedlich, dass ich erstmal herzhaft lachen musste.

Als Luise dann neben mir stand und ich sie zur Begrüßung streichelte, fiel mir auf, dass ihr Näschen nicht mehr zartrosa, sondern feuerrot war.

„Ach nein", sagte ich, "du hast einen Sonnenbrand auf der Nase." Das tat mir schon vom bloßen Hinsehen weh und ich wollte auf keinen Fall, dass Luise leiden musste. Ich überlegte, ob es sinnvoll wäre, ihr etwas Sonnencreme auf die Nase zu schmieren, aber sie würde wahrscheinlich nicht lange haften bleiben.

Das Näschen muss schrecklich gebrannt haben, denn Luise ließ sich dort nicht anfassen. Mir fiel ein, dass ich noch Aloe Vera Spray in meiner Erste Hilfe Box im Stall hatte. Ohne zu zögern, lief ich los, um es zu holen, damit ich ihr ein bisschen Linderung verschaffen konnte. Als ich zurückkam, stand sie noch an derselben Stelle, als hätte sie gewartet, bis ich wieder da war. Ich nahm das Sprühfläschchen, hielt Luises Köpfchen unter dem Kinn etwas nach oben und sprühte das Spray auf ihre rote Nase.

Damit rechnete sie wohl gar nicht und sprang erschrocken mit einem Satz und mehreren Hüpfern rückwärts. Dann blieb sie stehen, schüttelte sich und schniefte, als wollte sie das kühle Spray wieder loswerden. „Oh, Luise, das hat dir wohl nicht gefallen", sagte ich. Ich dachte, jetzt wäre es vorbei und ich dürfte sie nicht mehr anfassen. Ich entschuldigte mich bei ihr und erklärte ihr, dass ihr das gut tun würde. Ob Luise verstanden hatte, was ich so mit ihr redete, sei mal dahingestellt, doch im Nachhinein gab sie mir zumindest das Gefühl, gemerkt zu haben, dass ich ihr nur helfen wollte. Sie kam wieder auf mich zu und schmiegte ihr Köpfchen an meinen Oberschenkel.

Ich hockte mich neben sie und kraulte sie am Vorderbein. Wie jedes Mal legte sie sich dabei hin und ließ sich weiter verwöhnen. Bevor ich mich wieder anderen Dingen widmen musste, wollte ich noch mal versuchen etwas von dem Aloe Vera Spray auf Luises Nase zu sprühen. Nur wie sollte ich das anstellen, ohne dass die Kleine aufspringen und wegrennen würde? Ich nahm das Fläschchen aus meiner Jackentasche und zeigte es ihr. Sie schnüffelte daran und leckte es ab.

Daraufhin pumpte ich das Spray zweimal in die Luft und Luise streckte vorsichtig ihre Nase in den Sprühnebel. Sie blinzelte, schüttelte sich kurz und deutete mit ihrer Kopfbewegung an, dass sie mehr davon wollte.

Also sprühte ich noch einige Male das Spray über Luises Kopf einfach ins Leere und fand es zu putzig, wie sie ihr rotes Näschen nach oben streckte, um sich berieseln zu lassen. Ich war verblüfft, dass so ein kleines Kälbchen schon einordnen konnte, was geschah und mir an seiner Reaktion zeigte, dass es guttat, das Spray auf die Nase zu bekommen. Gleichzeitig freute ich mich riesig, dass die Kleine mir so viel Vertrauen schenkte. Die Sache mit dem Spray hatte Luise ganz und gar nicht vergessen. Bei meinem nächsten Besuch kam sie wieder freudig angehüpft, blieb vor mir stehen und streckte mir sogleich ihr Köpfchen entgegen.

Im ersten Moment wusste ich nicht, was sie mir damit sagen wollte. Ich sah nur, dass sich eine Kruste auf der Hautoberfläche ihrer Nase gebildet hatte.

Das Spray hatte ich noch in meiner Jackentasche und holte es heraus, um Luise noch mal damit zu berieseln. Es schien, als könnte sie es kaum abwarten die erfrischende Flüssigkeit abzubekommen. Sie streckte ihre Nase direkt vor die Düse und ich pumpte einmal, um ihre Reaktion zu sehen. Sie fand das jetzt wohl sehr angenehm, also bekam sie noch ein paar Sprühstöße direkt aufs Näschen. Freudig hüpfte sie hin und her und ich genoss es, ihre Begeisterung zu beobachten.

Das kleine Bullenkälbchen, das sich am Tag zuvor bereits angenähert hatte, kam wieder auf uns zu, diesmal noch gefolgt von zwei anderen Kälbchen. Interessiert standen sie um Luise und mich herum. Ich bewegte mich nicht, damit ich sie nicht verschreckte. Das Bullenkälbchen schnupperte schließlich an meinem Ohr und ehe ich mich versehen konnte, leckte es mit seiner rauen Zunge quer über mein Gesicht. „Bääääähhhh", sagte ich und musste schmunzeln. Die anderen beiden standen neben Luise und trauten sich nicht näher heran. Das Bullenkälbchen schien die Scheu verloren zu haben und ließ sich inzwischen von mir streicheln.

Plötzlich hüpften die drei Kälber und Luise los und tobten quer über die Weide. Auch andere Kälbchen ließen sich anstecken und rannten mit. „Ok", dachte ich, „jetzt ist Spielstunde angesagt!" Die ganze Meute rannte im Galopp über die Weide und einige Kälber machten dabei sogar richtig wilde Luftsprünge.

Ich setzte mich auf die Anhängervorrichtung des Wasserfasses und beobachtete die Herde. Die Mutterkühe lagen zum Teil im Schatten, andere standen und grasten.

Der Bulle schaute immer im Wechsel zu den Kälbchen und dann zu mir. Zwischendurch zupfte er einen Büschel Gras ab und bewegte sich nach und nach in meine Richtung. Ich überlegte, was ich tun könnte, wenn er mir zu nahekäme und entschied mich, auf das Wasserfass zu klettern. „Da oben kommt er bestimmt nicht an mich ran", dachte ich.

Je länger ich die Herde beobachtete, desto bewusster wurde mir, wie genügsam und unkompliziert Kühe sind. Ohne Stress genossen sie völlig sorglos ihr Leben und waren zufrieden, wenn sie fressen, trinken und ruhen konnten. Nebenbei kümmerten sie sich um ihre Kälber, ließen sie trinken und leckten sie mit voller Hingabe ab. Mir fiel auch auf, dass bestimmte Kühe immer zusammen anzutreffen waren, so als gäbe es richtige Freundschaften unter ihnen. Sie standen beim Fressen zusammen, lagen nebeneinander auf der Wiese und leckten sich auch zwischendurch gegenseitig das Fell.

Man hatte vom Wasserfass aus, einen guten Ausblick und den Bullen hatte ich kurzzeitig fast vergessen, doch als ich zur Seite schaute, stand er etwa drei Meter von mir entfernt. Er senkte seinen Kopf wie ein Stier in der Arena, der gleich Anlauf nehmen wollte, bevor er auf das rote Tuch zu rennen würde, das ihm der Stierkämpfer vor die Nase hielt. Ich dachte, er rennt jeden Moment los und rammt das Fass.

Mir gingen in diesem Augenblick so viele Gedanken durch den Kopf: „Wie komme ich von dem Fass herunter, wenn der Bulle nicht weg geht?" „Wird er aggressiv werden und mich über den Haufen rennen, wenn ich runterspringe und zum Ausgang gehe?"

„Eventuell sieht er eine Gefahr in mir und will seine Herde verteidigen," „Vielleicht hat er aber auch nur Durst, will zum Tränkebecken und fühlt sich von mir gestört." Ich habe keine Ahnung, was in so einem Bullenhirn vor sich geht, aber Fakt war, dass ich nicht ewig auf diesem Fass sitzen bleiben konnte. „Wie komme ich hier weg, ohne dass mir was passiert?", fragte ich mich. Mir war schon ziemlich mulmig zumute, doch ich entschied mich schließlich, den Bullen einfach nicht zu beachten und meine Aufmerksamkeit noch einen Moment den spielenden Kälbchen zu widmen. Tatsächlich drehte er sich nach kurzer Zeit um und lief wieder zu seinen Damen. Ich nutzte die Chance, um von dem Wasserfass zu springen und lief zügig zum Ausgang, gefolgt von Luise. Sie stupste mich leicht am Bein an und wollte jetzt wohl mit mir spielen, aber leider musste ich mich für heute von ihr verabschieden.

In den nächsten Tagen stellte ich fest, dass die Kälbchen immer wieder neue Ideen hatten, um sich zu beschäftigen. Einige Mutige unter ihnen gingen unter dem Zaun durch und spazierten im Graben herum, der neben der Weide entlang verlief. Teilweise waren sie so furchtlos, dass sie sich sogar bis auf den Weg trauten. Manchmal standen früh morgens mehrere Kälbchen einfach außerhalb der Weide und erkundeten die Gegend. Aber sobald ein Fußgänger auf sie zu kam, sprangen sie gleich zurück in den Graben und von dort aus wieder zu ihren Mamis in die Herde. Luise war durch ihre Sehnenverkürzung an den Vorderbeinen noch nicht so sicher unterwegs wie ihre Altersgenossen. Sie bevorzugte es, unter den Bäumen stehen zu bleiben und lieber nicht in den Graben zu klettern.

Obwohl auch sie auf der Außenseite des Zaunes stand, traute sie sich wohl nicht, den anderen zu folgen. An diesem Tag entschied ich mich, von der Seite des Weges durch den Graben zu gehen, um zu Luise zu kommen. Dabei sprangen die Kälbchen, die sich im Graben aufhielten, wieder zurück auf die Weide. Luise blieb aber draußen stehen und wartete auf mich. Im Schatten unter den Bäumen war es angenehm kühl. Ich begrüßte Luise und sie sah mich freudig mit ihren hübschen Kulleraugen an.

Dann strich sie mit ihrem Köpfchen von der Nase bis hin zu ihren Ohren an meinem Bein entlang. Das wiederholte sie mehrmals, so wie ein Kätzchen, das einem um die Beine schleicht, um seine Zufriedenheit auszudrücken. Es gab mir ein Gefühl von Sicherheit, nicht in der Herde auf der großen Weide zu sein. Hier konnte ich in aller Ruhe mit Luise kuscheln, ohne Angst vor dem Bullen haben zu müssen. Luise schlüpfte irgendwann wieder unter dem Zaun durch und sprang zu ihrer Mama, um etwas zu trinken. Ich beobachtete die beiden noch einen kurzen Augenblick und ging dann wieder zum Stall, um mein Pferd zu versorgen.

Die Zeit verging wie im Flug. Fast jeden Tag verbrachte ich Zeit mit Luise und die anderen Kälbchen wurden immer neugieriger und zutraulicher. Eins von der Rasselbande wurde sogar richtig penetrant. Es ging ständig dazwischen, wenn es in der Nähe war und ich Luise streichelte. Scheinbar war es eifersüchtig und wollte auch ein bisschen gekrault werden. Immerzu leckte es meine Klamotten ab und stupste mich an.

Irgendwann war ich umzingelt von Kälbern, die überhaupt keine Scheu mehr vor mir hatten. Ich muss zugeben, ich fühlte mich richtig wohl in der Kälbermenge.

Obwohl der Bulle öfter mit gesenktem Kopf weiter weg stand und mich und die Kleinen im Visier hatte, verlor ich immer mehr die Angst vor ihm. Scheinbar wollte er mit seiner Haltung nur klarstellen, wer der Boss ist. Ich dachte mir, so lange er keinen Anlauf nehmen und auf mich zu rennen würde, könnte es nicht so schlimm sein, dass ich mich auf der Weide aufhielt. Wäre ich für ihn ein potenzieller Feind gewesen, hätte er mich bestimmt schon längst angegriffen.

Zuhause erzählte ich meinem Freund Matthias oft von Luise. Manchmal kam er sogar mit, um sie zu besuchen. Selbst meine Eltern waren hin und wieder am Weidezaun anzutreffen, weil sie schauen wollten, wie es Luise geht.

Auch andere Leute aus meinem Freundeskreis, denen ich von der Kleinen erzählt hatte, fragten häufig nach ihr. Für mich war Luise ein richtiger Sonnenschein.

Der Mai ging langsam dem Ende zu und das Gras auf der Weide war schon ziemlich abgefressen. Es wurde Zeit, die Herde auf eine neue Wiese zu bringen. Beate und Klaus hatten schon alles Nötige vorbereitet, um die Kühe auf die nächste Grünfläche zu treiben. Die Wege wurden mit Zaunlitzen abgespannt, sodass kein Rind ausbüxen konnte und das Tor der neuen Weide wurde geöffnet. Als Beate und Klaus am hinteren Teil der Weide standen, um dort den Zaun aufzumachen, kamen alle Kühe sofort angerannt, um endlich aufs frische Gras zu kommen. Die Mutterkühe kannten diesen Vorgang schon aus den vergangenen Jahren und die Kälbchen und der Bulle folgten ihnen, ohne zu zögern.

Der Zaun musste nun zügig von Beate geöffnet werden, da es die Kühe kaum erwarten konnten endlich umzuziehen. Die ganze Herde stürmte heraus und trabte freudig ungefähr dreihundert Meter über den abgegrenzten Asphaltweg zur neuen Graslandschaft.

Kaum spürten sie den weichen Boden unter den Füßen, rannten sie los, machten Bocksprünge und zeigten so ihre Begeisterung. Nach ein paar Minuten kehrte Ruhe ein und Fressen war angesagt. Beate und Klaus widmeten sich wieder anderen Aufgaben und ich schaute den Kühen noch einen Moment beim Grasen zu.

Als ich etwa zwei Stunden später mit meinem Pferd an der Herde vorbeiritt, lagen fast alle Kühe tiefenentspannt unter einem großen Baum im Schatten und dösten vor sich hin. „Jaja, so ist's Recht, vollgefressen und müde", dachte ich.

Sie hatten jetzt mindestens viermal so viel Platz, als auf der Weide, auf der sie zuvor gewesen waren. Ein richtiges Kuhparadies mit Bäumen und Sträuchern. So manche Kuh würde sich solch einen Luxus wünschen – wenn sie denn wüsste, dass es so etwas gibt.

Leider kommen nicht alle Kühe in den Genuss, ihr Leben vom Frühjahr bis zum Spätherbst auf Weiden zu verbringen. Es gibt noch andere Haltungsformen, in denen viele Rinder leben müssen. Im Stall gibt es zwei Arten der Haltung. Zum einen die Laufstallhaltung und zum anderen die Anbindehaltung. Bei der Laufstallhaltung sind die Kühe in Laufställen untergebracht, in denen sie sich frei bewegen können. Milchkühe werden vom Laufstall zum Melken nacheinander durch einen Melkstand geschleust. Die Anbindehaltung lässt leider keine Bewegung zu, da die Kühe jeweils

ihren Standplatz haben, an dem sie in regelmäßigen Abständen ge-
füttert und gemolken werden. Glücklicherweise geht die Tendenz
zur Weide- und Laufstallhaltung und man sieht immer seltener,
dass Kühe komplett in Anbindehaltung leben müssen. Es gibt sogar
Betriebe, die ihre Milchkühe morgens nach dem Melken auf die
Wiese lassen und sie abends zum Melken wieder reinholen. Die
Nacht verbringen sie allerdings im Stall. (Quelle: MIV,
www.milchindustrie.de, Info Hofbesitzer)

Obwohl die Kühe jetzt so viel Platz hatten, waren sie immer in der Herde zusammen. Kein Tier stand jemals außer
Sichtweite der anderen. An manchen Tagen musste ich ziemlich weit laufen, um Luise zu sehen. Aber zum Glück hörte
sie auf ihren Namen und kam immer vergnügt angesprungen, wenn ich sie rief.

Einmal wurde mir das jedoch fast zum Verhängnis, als ich
mal wieder mit meinem Pferd an der Weide vorbeiritt und
sie nicht erblicken konnte. Ich rief ihren Namen und nichts
passierte. Mein Blick schweifte über die riesige Weide und
dann sah ich ein Kälbchen im hohen Gras aufstehen. Es
streckte und schüttelte sich und ich erkannte schon an der
Bewegung, dass es Luise war. „Hey Luise, da bist du ja" sagte
ich laut und plötzlich sprang sie los und rannte auf mich und
Paddy zu.

Er erschreckte sich fürchterlich und ergriff die Flucht. Mit-
ten auf der gegenüberliegenden Wiese brachte ich ihn zum
Stehen und beruhigte ihn erst mal. Ich ritt vorsichtig Stück
für Stück zurück zum Weidezaun.

Dort stand Luise und wartete. Paddy prustete und war sehr skeptisch, aber nach kurzer Zeit bemerkte er, dass er keine Angst haben musste und schnaubte zufrieden ab. Luise schaute mich fragend an. Wahrscheinlich konnte sie es nicht verstehen, dass ich auf dem Pferd saß und nicht zu ihr kam. Ich redete mit ihr, als wenn sie ein Mensch wäre. „Wenn ich vom Ausritt zurück bin, dann komme ich dich noch mal besuchen. Hab' noch ein wenig Geduld. Bis später!"

Als ich mit Paddy zurück am Stall war, zeigte das Thermometer bereits 28 Grad an. Ich duschte ihn ab, fütterte ihn und brachte ihn zurück auf die Koppel. Danach ging ich gleich zu Luise, um noch ein bisschen Zeit mit ihr zu verbringen. Sie lag platt wie eine Flunder im Gras und schlief. Ich stieg über den Zaun, ging leise zu ihr und setzte mich hinter ihr in die Hocke. Vorsichtig streichelte ich sie am Kopf, aber sie schien so fest zu schlafen, dass sie mich gar nicht bemerkte. „Wie niedlich", dachte ich und genoss es, in ihrer Nähe zu sein und sie im Schlaf zu beobachten. Irgendwann fing sie an zu blinzeln und bemerkte, dass ich bei ihr saß. Sie streckte ihr Köpfchen nach hinten, lehnte sich an mich und ließ sich von mir ausgiebig am Hals kraulen. Kurz darauf pustete mir jemand in den Nacken. Mein erster Gedanke war: „Das ist bestimmt das eifersüchtige Bullenkälbchen, das sich öfter mal zwischen Luise und mich drängen will." Doch als es dann nochmal pustete und ich noch etwas Kaltes, Metallisches im Nacken spürte, drehte ich mich um und erschreckte mich fast zu Tode. Es war der Bulle, der hinter mir stand. So nah, dass ich seinen Nasenring an meiner Haut spüren konnte. Mir wurde himmelangst. Ich stand reflexartig auf und lief los, ohne mich umzudrehen.

„Ok, ich bin dann mal weg, alles gut, bitte tu mir nichts" und all solche Sachen brummelte ich vor mich hin, bis ich kurz vor dem Ausgang stand. Dort drehte ich mich zögernd um und sah, dass der Bulle noch immer bei Luise stand. Er schaute mich mit gesenktem Kopf an, drehte sich um und ging einfach weg. So wie damals, als ich auf dem Wasserfass saß. Mein Herz raste und meine Knie zitterten, aber ich war erleichtert, dass er mir nichts getan hatte. Allerdings wusste ich nicht, wie ich sein Verhalten deuten sollte. Ohne mich von Luise zu verabschieden, ging ich zu meinem Auto und fuhr los. Das Verhalten des Bullen ging mir nicht aus dem Kopf, deshalb nahm ich mir vor, mich zu Hause im Internet über die Verhaltensweisen von Bullen in der Herde zu informieren. Zuhause angekommen schaltete ich den Rechner an und suchte nach „Verhalten von Zuchtbullen gegenüber Menschen". Was ich dort fand, beruhigte mich nur wenig.

Bullen, die in der Herde mit Mutterkühen gehalten werden, sollen nicht unterschätzt werden. Sie gelten als gefährlich, da sie ihre Herde instinktiv beschützen wollen. Die Gefahr von einem Bullen attackiert zu werden, sollte man nicht unterbewerten. Jedes Jahr wurden mehrere Unfälle durch Zuchtbullen gemeldet. Die Angriffe waren meistens mit schweren, zum Teil auch tödlichen Verletzungen verbunden. Es wurde sogar empfohlen, die Weide in Begleitung eines Hütehundes zu betreten, der für den nötigen Abstand zwischen Mensch und Tier sorgen sollte. Als ausschlaggebende Sicherheitsmaßnahme wurde geraten vorsichtig zu sein, dem Bullen mit ausreichendem Respekt gegenüberzutreten und ihn immer unter Beobachtung zu halten.
(Quelle: www.landundforst.de, www.hofheld.de)

Eigentlich war der Bulle doch recht nett zu mir gewesen, er hatte nur an mir geschnuppert und mir ins Genick gepustet. Respekt hatte ich von Anfang an und beobachtet hatte ich ihn auch immer. Mit einem Hütehund konnte ich leider nicht dienen, die einzige Möglichkeit, die es gab, war aufzupassen, dass er immer weit genug von mir entfernt war.

Bei meinem nächsten Besuch bei Luise stand die Herde ewig weit weg hinter einem großen Gebüsch. Dort gab es am meisten Schatten. Die Sommerhitze war schon für uns Menschen fast unerträglich, also war es auch kein Wunder, dass sich die Tiere ein kühles Plätzchen suchten. Ich hielt Ausschau nach Luise, konnte sie aber nirgendwo sehen. Selbst als ich ihren Namen rief, rührte sich nichts. „Seltsam", dachte ich, „Irgendwo muss sie doch sein". Alles war ruhig auf der Weide, fast alle Kühe lagen am Boden und sogar der Bulle hatte sich für ein Nickerchen hingelegt. Langsam näherte ich mich der Herde, lief zwischen den Kühen entlang und schaute, ob Luise irgendwo schlafend dazwischen lag. Leider konnte ich sie nicht finden. Aber wo sollte sie sein? Ich rief noch mal ihren Namen und kein Kälbchen schaute zu mir. Das Einzige, das mir auffiel, war das Rascheln im Gebüsch, was auch ein Hase oder Vogel hätte gewesen sein können. Doch als ich mich umdrehte und hinsah, schaute die kleine Luise ganz frech zwischen den Blättern hervor.

Sie kam zu mir gelaufen, stupste mich an und hüpfte von mir weg in Richtung Herde. Das Anstupsen deutete ich als Aufforderung mitzukommen. Ihre Mama kam auf sie zugelaufen, blieb neben ihrer Kleinen stehen, sodass Luise erst mal von Mamis Milch trinken konnte.

Sie schmatzte wie verrückt und saugte an den Zitzen, als hätte sie schon ewig nichts mehr getrunken. Als sie satt war, schmierte sie ihre Schnute wie immer an mein Hosenbein. Luises Mama bekam an diesem Tag einen Apfel von mir mitgebracht, den sie genauso gerne angenommen hatte, wie sonst die Karotte. Ich streichelte die kleine Luise am Hals und an den Vorderbeinen, bis sie sich hinlegte. Diese Gelegenheit nutzte ich, um mich zu ihr zu legen.

Dann passierte etwas, mit dem ich überhaupt nicht gerechnet hätte. Ihre Mama legte sich direkt hinter Luises Rücken ebenfalls hin. Wir ruhten eine Weile zu dritt auf der Weide und genossen das Wetter und die Stille.

Am liebsten wäre ich den restlichen Tag mit den beiden so liegen geblieben. Es war wunderbar entspannend, denn Luises Mama gab mir das Gefühl von Geborgenheit. Selbst an den Bullen musste ich nicht denken. Wenn es nicht so heiß gewesen wäre, wäre ich bestimmt neben Luise eingeschlafen.

In den letzten Tagen hatten wir eine extreme Hitze und es gab keine einzige Wolke am Himmel. Die Sonne knallte regelrecht herab und man war dankbar für jedes bisschen Schatten, das man nutzen konnte. Dieser Zustand setzte sich den Rest des Sommers fort. Ich glaube, so eine Hitzewelle hatte ich bewusst noch nie erlebt. Fast überall in Deutschland konnte man die Folgen der Hitze und Trockenheit an den gelben vertrockneten Wiesen erkennen.

Alle warteten vergebens auf den Regen. Die Heu- und Getreideernte fiel in diesem Jahr durch den großen Wassermangel sehr schlecht aus. Die Ernteeinbußen der Landwirte waren enorm hoch und es kam zu Futtermangel für die Tiere. Bereits Ende Juli musste auf den Weiden für die Rinder und Pferde Heu zu gefüttert werden, welches eigentlich für den Winter vorgesehen war. Deutschlandweit explodierten die Heu- und Strohpreise, sodass viele Pferdehöfe sogar ihr Heu aus dem Ausland bezogen. Die Landwirte machten sich große Sorgen, ob genug Futter für die Wintermonate vorhanden sein würde.

Doch welche Konsequenzen dieser Sommer für die Kälber haben sollte, war mir bislang nicht bewusst. Als ich mich eines Nachmittags mit Beate über die Situation unterhielt und sie mir sagte, dass das Futter für so viele Tiere über den Winter nicht ausreichen würde und deshalb in diesem Jahr nicht nur die Bullen, sondern auch die Kuhkälber verkauft werden müssten, wurde mir ganz anders zumute. Diese Aussage schockierte mich zutiefst. Das würde ja bedeuten, dass Luise wegmüsste.

Ich konnte nicht zulassen, dass meine kleine Luise einfach verkauft werden sollte. Je mehr Gedanken ich mir machte, desto sicherer wurde ich mir, dass ich die Kleine einfach kaufen müsste, damit sie bei mir bleiben kann. Es dürfte bestimmt kein Problem sein, Beate Luise abzukaufen und jeden Monat dafür zu zahlen, dass sie bleiben darf. Das war der Plan: „Ich kaufe eine Kuh!" Mir fielen die lustigsten Sachen ein, die ich mit Luise machen könnte, wenn sie bleiben würde. Ich stellte mir vor, wie ich Paddy und Luise aneinander gewöhnen und eines Tages mit Paddy ausreiten und Luise am Halfter und Strick einfach mitnehmen würde. So wie andere Reiter ein Handpferd dabeihaben, hätte ich dann eben eine „Handkuh". Solche Gedanken stimmten mich wieder positiv und ich war überzeugt davon, dass alles so kommen würde wie ich es mir vorstellte und Paddy und Luise gute Freunde werden könnten.

Natürlich erzählte ich Luise von meinem Vorhaben und sagte ihr auch, dass ich mir alle Mühe geben würde, um dafür zu sorgen, dass sie bleiben könnte. Ich erklärte ihr auch, dass ihre Freundinnen und Freunde dann leider nicht mehr da wären, aber dafür im nächsten Jahr neue Kälbchen als Spielgefährten kommen würden. Luise schaute mich an, als könnte sie jedes einzelne Wort verstehen, aber dann stupste sie mir ihre Nase an die Hand, weil sie spielen wollte. Wir hüpften zusammen auf der Wiese herum und animierten damit die anderen Kälbchen zum Mitmachen. Ich war dann irgendwann außer Puste, bei einer so großen Kälberherde konnte ich nicht mithalten. Dafür sah ich der Rasselbande aber immer gerne beim Spielen zu. Den Bullen hatte ich mittlerweile auch wieder im Visier.

Er stand relaxed bei seinen Damen im Schatten und ließ sich von meiner Anwesenheit nicht beeindrucken. Interessanterweise beobachtete ich dieses gleichgültige Verhalten des Bullen, seitdem er mir aus nächster Nähe von hinten an den Hals gepustet hatte. Scheinbar hatte er mich jetzt als „Herdenmitglied" akzeptiert. Für mich waren nun die Besuche bei Luise wesentlich gelassener - zwar hatte ich den Respekt vor ihm nicht verloren, aber ich fühlte mich deutlich sicherer.

Als ich mit Beate über meine Idee sprach und sie fragte, ob sie mir Luise verkaufen würde, wurde ich arg enttäuscht. Sie erklärte mir, dass es nicht machbar wäre, nur ein Kalb zu behalten, da sich keine zur Zucht passende Herde bilden könnte. Dazu müsste sie mehrere Kuhkälber behalten und das wäre in diesem Jahr nicht möglich. Außerdem müssten die Herden so zusammengestellt werden, dass keine Inzucht entstehen kann.

Frustriert fuhr ich nach Hause und überlegte was ich noch tun könnte, um Luise ein schönes Leben zu bescheren. Ein neuer Plan musste her! Ich fragte bei einigen Bauernhöfen nach, ob sie eventuell ein Plätzchen für Luise hätten. Doch die rechtlichen Vorgaben in der Rinderhaltung sind sehr streng und das machte die Sache nicht gerade einfacher.

Rinder sind Lebensmittel liefernde Tiere und müssen auf ihrem kompletten Vertriebsweg rückverfolgbar sein. Deshalb sind Landwirte verpflichtet, ihre Tiere im sogenannten „Herkunftssicherungs- und Informationssystem Tiere" (HIT) zu registrieren. Diese Datenbank dient der besseren Vermarktung von Rindfleisch, da

Kein Landwirt war bereit Luise aufzunehmen. Allen ging es hauptsächlich um ihren Job – Kühe zu züchten und sie als Milchlieferanten zu nutzen oder sie zum Schlachten zu verkaufen. Weitere Aspekte waren die wirtschaftlichen Folgen, die entstehen würden, falls Luise eine Krankheit einschleppen würde. Niemand hatte Verständnis dafür, dass mir dieses Tier so sehr ans Herz gewachsen war und ich es nicht hätte zulassen können, sie schlachten zu lassen. Langsam, aber sicher wusste ich nicht mehr, was ich noch tun könnte, um das Schlimmste zu verhindern. Ich konnte kaum noch einen positiven Gedanken fassen und dachte, ich müsste mich damit abfinden, dass Luise in absehbarer Zeit irgendwo als Braten auf dem Teller enden würde.

Ich überlegte, ob es sinnvoll wäre von Luise Abschied zu nehmen und sie dann nicht mehr zu besuchen, damit die Bindung zu ihr nicht noch größer werden würde. Doch allein dieser Gedanke brach mir schon das Herz. „Ich kann doch meine Kleine nicht im Stich lassen", dachte ich. „Es muss doch eine Lösung geben, Luise am Leben zu halten."

Der nächste Besuch bei Luise war irgendwie traurig. Ich glaube sie hatte bemerkt, dass mich etwas bedrückte, denn sie wich mir nicht von der Seite. Sie schlich um mich herum wie eine Katze und wollte ständig kuscheln. Ich genoss ihre

Anhänglichkeit und überlegte pausenlos, was ich tun könnte, um ihr den Metzger zu ersparen. Ich versprach ihr, dass ich alles versuchen würde, damit sie weiterhin ein schönes Leben haben könnte.

Rasend schnell vergingen die Tage und es ging langsam auf die Urlaubszeit zu. Matthias und ich hatten auch in diesem Jahr wieder für Ende September zwei Wochen Griechenland gebucht. Ich hatte große Angst, dass Luise nach unserer Rückkehr nicht mehr da sein würde. Am Tag vor Reiseantritt verbrachte ich eine gefühlte Ewigkeit bei ihr und verabschiedete mich für die nächsten zwei Wochen. „Mach's gut, meine Kleine, ich bin bald wieder da", sagte ich zu ihr. Mit einem mulmigen Gefühl verließ ich die Weide und hoffte, dass Luise auch nach meinem Urlaub noch munter in der Herde stehen und mich freudig begrüßen würde. Kurz bevor das Flugzeug am nächsten Tag startete, schrieb ich Beate noch eine Nachricht: "Pass bitte gut auf Luise auf!"

Das Wetter in Griechenland war im Gegensatz zu Deutschland sehr verregnet. In unseren zwei Urlaubswochen gab es unwetterartige Stürme mit hohen Wellen auf dem Meer. Sie peitschten gegen die Felswände und es bildete sich Schaum am Strand, der aussah wie Schnee. Nur an wenigen Tagen ergab sich die Möglichkeit im Meer bei strahlendem Sonnenschein baden zu gehen. Doch trotz des Wetters hatten wir eine tolle Zeit und konnten uns gut erholen. Die beiden Wochen vergingen sehr rasch und es gab keinen Tag, an dem ich nicht an Luise denken musste. Am Tag unserer Heimreise freute ich mich schon riesig darauf, sie zu besuchen – wenn sie hoffentlich noch da sein würde.

Während unseres Urlaubs gab es auch in Deutschland den lang ersehnten Regen. Ich hatte noch zwei Tage frei, bevor ich wieder arbeiten musste und nahm mir am ersten Tag viel Zeit, um mich um Paddy und Luise zu kümmern. Zuerst begrüßte ich Paddy, der mit seinen Pferdekumpels fressend auf der Koppel stand. Es schien ihn nicht sonderlich zu beeindrucken, dass ich wieder da war. Ich hatte ihm eine Banane mitgebracht, die er komplett verschlang, nachdem ich die Schale entfernt hatte. Bei Paddy war alles in Ordnung, er hatte meine Abwesenheit gut überstanden und ich nahm mir vor noch eine Runde ausreiten zu gehen, nachdem ich bei Luise war. Ich näherte mich der Kuhweide und mir fiel ein Stein vom Herzen, als ich sah, dass die Kälber noch bei ihren Mamas waren. Ich freute mich wahnsinnig, dass Luise noch da war und rief laut ihren Namen. Leider kam sie nicht angesprungen, wie ich es erhofft hatte. Und als ich genauer hinsah, wusste ich auch warum.

Durch den Regen hatte sich ein Tümpel auf der Weide gebildet und Luise stand knietief im Schlamm.

Dort kam sie leider nicht so schnell heraus. Ihre Mama stand am Rand und ließ ihre Kleine nicht aus den Augen. Luise stapfte aus dem Tümpel heraus und ich ging auf sie zu.

Als sie wieder festen Boden unter den Füßen hatte, kam sie mir voller Energie entgegengerannt und machte kurz vor mir eine Vollbremsung. Ich lachte vor Freude und amüsierte mich über Luises Aussehen. Sie hatte vom Matsch braune Stiefel an und ihre Schnute war ebenfalls voller Dreck. Unglaublich, mit welcher Begeisterung die Kleine mir entgegenkam, im Vergleich zu meinem Pferd. Ich war überglücklich, dass es Luise gut ging und sie so viel Lebensfreude hatte. Diese Glückseligkeit durfte ihr keineswegs genommen werden.

Laut Beate würden die Herden bis November draußen bleiben. Also blieben mir noch ca. vier bis sechs Wochen Zeit, um einen Ausweg zu finden. Ich wollte auf keinen Fall aufgeben und Luise ihrem Schicksal überlassen.

Leider waren die nächsten Wochen extrem frustrierend. Es gab immer noch keine Möglichkeit, Luise irgendwo unterzubringen, wo sie ihr Leben genießen könnte, ohne zum Schlachter zu müssen. Ich war völlig machtlos und hatte keinen blassen Schimmer wie ich es anstellen könnte, Luises Leben zu retten. Der Gedanke, sie gehen lassen zu müssen, war unerträglich. Sie war doch so fröhlich und hatte keine Ahnung davon, was mit ihr passieren würde. Für die anderen Kälbchen tat es mir ebenso leid, doch aufgrund der Tatsache, dass ich nicht so einen engen Bezug zu ihnen hatte, würde ich es eher verkraften können, sie nicht mehr zu sehen.

So hilflos zusehen zu müssen und nichts ändern zu können, war für mich die reinste Qual. Immer wieder stellte ich mir die Frage, was ich aus dieser Situation lernen sollte. Eine Antwort fand ich leider nicht.

Was wäre gewesen, wenn ich bei Luises Geburt nicht im Stall gewesen wäre? Vielleicht hätte es überhaupt keine Chance für sie und ihre Mama gegeben. Aber ob das besser gewesen wäre? Meine Gedanken waren alles andere als produktiv. Der Schmerz war einfach zu groß, um klar denken zu können. Das Einzige, das mir übrigblieb, wenn ich keine Lösung finden würde, war die schöne Zeit mit Luise in Erinnerung zu behalten und für sie da zu sein, bis sie den Hof verlassen müsste.

Der November kam immer näher und die Kühe und Kälbchen bekamen bereits Winterfell. Luise hatte sogar richtige kleine Löckchen am Kopf. Ihr Fell war ausgesprochen weich und lud zum Kuscheln ein.

Ich nutzte jeden trockenen Tag, um mit Luise auf der Weide zu liegen und so viel Zeit wie möglich mit ihr zu verbringen. Sie genoss es, ihren Kopf in meinen Schoß zu legen und sich streicheln zu lassen.

Wer weiß, wie oft ich diese schönen Momente noch mit ihr erleben durfte?

KAPITEL VIER:
VERWECHSLUNG

Leider konnte ich genau an dem Vormittag, als die Kühe von der Weide in den Stall getrieben wurden, nicht dabei sein. Als ich mittags dort ankam, war schon alles geschehen und die Herde stand im frisch eingestreuten Laufstall. Die Kälbchen tobten im Stroh herum und waren völlig aufgedreht. Es fiel mir schwer, nicht daran zu denken, dass die Kleinen diese herrliche Umgebung bald nicht mehr würden genießen können. Sie waren so glücklich und gleichzeitig so ahnungslos darüber, was sehr bald auf sie zukommen sollte.

Nachdenklich schaute ich ihnen zu und als Luise mich bemerkte, kam sie sofort zu mir getrabt und schaute mich fröhlich an. Ich streichelte sie am Kopf und strich ihr das Stroh vom Körper, das vom Rumtollen an ihr hängen geblieben war. Allerdings hätte ich mir das sparen können, denn Luise ging daraufhin ein paar Schritte zurück, steckte ihre Nase tief ins Stroh, schnickte es erneut mit Schwung nach oben und ließ sich davon berieseln. Es war einfach putzig zu sehen, wieviel Spaß Luise hatte. Mit beiden Händen hob ich etwas Stroh auf und warf es in die Luft, direkt über ihren Kopf. Sie fand das scheinbar lustig, denn sie stupste mich mit ihrem Näschen an und forderte mich damit auf, weiterzumachen.

So ging das eine ganze Zeit lang, sie schmiss das Stroh mit der Nase nach oben und ich warf es ihr mit den Händen entgegen.

Ich lachte vor Freude und vergaß in diesem Moment meinen Kummer. Luises Mama stand nicht weit weg von uns und beobachtete uns beim Rumalbern. „Was sie wohl gerade denkt?" fragte ich mich. Nach einer Weile legte sie sich hin, Luise ging zu ihr, legte sich neben sie und beide bekamen von mir noch ein paar Streicheleinheiten. Danach ließ ich die zwei Süßen allein, um mich um mein Pferd zu kümmern.

Am liebsten hätte ich das Datum ein paar Monate zurückgedreht, damit ich mehr Zeit für einen Einfall hätte, um Luises Leben retten zu können. Doch leider blieben mir nur noch höchstens zwei Wochen. Inzwischen hatte ich die Hoffnung komplett verloren, etwas tun zu können, jetzt könnte uns eigentlich nur noch ein Wunder helfen.

Nachdem die Herde nun drei Tage im Stall verbracht hatte, war es an der Zeit, die Kälbchen von ihren Müttern zu trennen. Der Laufstall bestand aus insgesamt drei Abteilen. Die Mutterkühe wurden in den hinteren Teil des Stalls getrieben, der mittlere Teil stand leer und vorne blieben die Kälbchen allein zurück. Die nächsten Tage war es auffallend laut im Stall, da die Kälber ihre Mütter riefen und die Mütter natürlich Antwort gaben. Obwohl es eine natürliche Art ist, wie die Kälber bei Beate und Klaus von ihren Müttern abgesetzt werden, schien der Trennungsschmerz doch sehr groß zu sein.

Ja, die Mamas waren noch da, aber trotzdem nicht in greifbarer Nähe. Wenn man mal versucht, sich in die Lage eines Kälbchens hineinzuversetzen, fühlt sich diese Trennungssituation schon ziemlich traurig an.

Die Mutterkühe, die seit Anfang der Weidezeit im Mai bereits wieder trächtig waren, hätten ihre Kälber sowieso von selbst abgestoßen, da die Milchleistung im Laufe der Trächtigkeit nachlässt und die Kuh sich auf die Geburt des neuen Kälbchens vorbereitet. Dies ist wohl ein gewöhnlicher Vorgang, wenn Kühe im Herdenverband leben, erfuhr ich von Beate.

„Es ist durchaus positiv zu bewerten, wie die artgerechte Haltung und Aufzucht hier berücksichtigt wird", dachte ich. Doch leider war das für mich auch kein Trost dafür, dass Luise verkauft werden musste. Ich wollte und konnte mich nicht damit abfinden, dass ihr unbeschwertes Leben enden soll, nur weil es vermeintlich normal ist, dass Rinder geschlachtet und gegessen werden. Die Tage waren gezählt und der Abschiedsschmerz wurde immer größer. Die Kälber wurden nach einigen weiteren Tagen schließlich noch nach Geschlechtern getrennt und die Mutterkühe in einen anderen Stalltrakt gebracht. Jetzt waren die Kuhkälbchen im vorderen und die Bullenkälbchen im mittleren Stallteil. Nach dieser Trennung gab es zwar erneut aufgeregtes Muhen von beiden Seiten, aber das war bei Weitem nicht so intensiv wie nach der Trennung von den Müttern.

Am Tag darauf kam ich gleichzeitig mit Beate am Stall an. Wir gingen gemeinsam durch die Stallgasse und redeten über belanglose Dinge. Ich rief Luises Namen und wie immer kam sie freudig angesprungen und hüpfte vor mir hin und her, bis ich bei ihr im Stall war. Ich schloss sie in meine Arme und schmiegte mein Gesicht an ihr Köpfchen. Beate stand noch immer in der Stallgasse und ich sagte zu ihr: „Schau doch mal, wie lieb sie ist, sowas Niedliches kann man doch nicht einfach hergeben." Ich war den Tränen nahe, bevor Beate antwortete: „Ok, Klaus und ich haben noch mal gesprochen und sind uns einig geworden, vier Kuhkälber zu behalten. Das heißt, wir müssen dann noch drei andere aussuchen, die bleiben dürfen."

Im ersten Moment dachte ich, mich verhört zu haben. „Das meinst du jetzt wirklich ernst?" fragte ich sie und war völlig aus dem Häuschen. „Ja, das meine ich ernst", sagte sie und fragte mich nach Luises Ohrenmarken-Nummer. Ich nannte ihr die Ziffern, die sie aufschrieb und danach notierte sie sich noch die Nummern von drei weiteren Kälbern.

Vor Freude hätte ich in die Luft springen und gleichzeitig quietschen können, aber ich fiel Luise um den Hals und sagte zu ihr: „Hast du das gehört? Du darfst bleiben! Ist das nicht großartig!" Als ich sie losließ, schüttelte sie sich erst mal, dann schaute sie mich etwas verwundert an und legte sich hin. Ich setzte mich zu ihr und sie legte ihren Kopf in meinen Schoß.

Überglücklich genoss ich es, so mit Luise im Stroh zu sitzen und zu wissen, dass sie nun für immer bleiben durfte.

Viele Wochen lang hatte ich mir also umsonst Sorgen und Gedanken gemacht und um Luises Leben gebangt. Ich konnte es immer noch nicht so recht glauben, aber ich freute mich wahnsinnig, dass sich das Blatt nun gewendet hatte. Heute fiel es mir auch überhaupt nicht schwer von Luise weg zu gehen, denn ich freute mich so sehr, dass ich keine Angst mehr haben musste, sie zu verlieren. Allerdings musste Luise noch einmal umziehen. Die Kuhkälber sollten in dem Stall untergebracht werden, der sich direkt neben dem Wohnhaus von Beate und Klaus befand. Das war aber nicht weiter schlimm, die Hauptsache war, dass sie in der Nähe blieb.

Das kommende Wochenende stand vor der Tür und es war geplant, mit Matthias von Freitag bis Montag nach Frankreich zu fahren. Ich war so erleichtert, dass ich nun mit der Gewissheit wegfahren konnte, dass Luise nach meiner Rückkehr noch da sein und bestimmt auf mich warten würde.

Freitagmorgens war ich noch im Stall, um Paddy zu versorgen und stellte fest, dass die Kuhkälbchen bereits umgestellt worden waren. Also ging ich zum Stall am Haus, um mich von Luise zu verabschieden. Ich hatte das Gefühl, dass die Kälber spürten, dass sich etwas verändern würde, denn sie wirkten etwas unruhig. Luise ließ sich ausgiebig von mir kraulen und ich sagte ihr, dass sie sich keine Sorgen machen bräuchte, da sie bleiben dürfte, auch wenn der Großteil ihrer Freundinnen leider gehen würde.

Ich verließ den Stall mit den Worten: „Tschüss, Luise! Halt die Ohren steif, wir sehen uns am Dienstag!" Dann fuhr ich nach Hause, packte mit Matthias unsere Sachen fürs Wochenende ins Auto und los ging es Richtung Frankreich. Besser hätte es nicht laufen können: Luise durfte bleiben und ich konnte gut gelaunt den Kurzurlaub genießen. Ich war überglücklich, dass doch noch das erhoffte Wunder geschehen war.

Wir genossen drei wunderschöne Tage bei angenehmem spätherbstlichem Wetter, mit ausgiebigen Wanderungen und sehr gutem Essen in den Nordvogesen. Natürlich sprachen wir auch über Luise und ihre Zukunft. Sie würde wie all die anderen Mutterkühe jedes Jahr ein Kälbchen zur Welt bringen, das dann „wohl oder übel" irgendwann auch den Weg zum Schlachter gehen müsste.

Dieser Gedanke gefiel mir keineswegs, denn dann dürfte ich zu Luises Kälbern keinen persönlichen Bezug aufbauen. Doch so wie ich mich kenne, wäre das unmöglich, denn niemals könnte ich Luises Nachwuchs keine Beachtung schenken. Ich würde all ihre Kälbchen genauso ins Herz schließen wie auch Luise selbst. Zum Glück war sie erst knapp neun Monate alt und bis zur ersten Trächtigkeit würde es noch eine Weile dauern.

Jungrinder sind bereits mit acht bis zehn Monaten geschlechtsreif, jedoch werden sie zum ersten Mal gedeckt, wenn sie zwischen 15 und 18 Monate alt sind. Die Kälbchen kommen dann zwischen dem 26. und 30. Lebensmonat der Jungrinder zur Welt. (Info Hofbesitzer)

Somit hätte Luise noch über ein Jahr Zeit, bis sie ihr erstes Kälbchen gebären würde. Deshalb beschloss ich, mir jetzt noch keine Gedanken darüber zu machen, was im nächsten Jahr sein würde.

Wir kamen am Montag erst spät abends nach Hause und ich freute mich schon sehr, am Tag darauf zu Luise zu fahren. Am nächsten Morgen musste ich erst noch einige Kundentermine wahrnehmen, bevor ich in den Stall fahren konnte. Dort war ich dann erst mal mit einer Freundin zum Ausreiten verabredet und wir genossen zwei schöne Stunden mit unseren Pferden im Wald.

Nach unserem Ritt versorgten wir unsere Pferde und ich konnte es kaum erwarten, danach noch zu meiner kleinen Luise zu gehen. Schade, dass sie nicht mehr in dem Stall stand, in dem auch die Pferde untergebracht waren, aber so weit weg war sie ja nicht. Als ich am Hof angekommen war und das Tor öffnete, wurde ich ausgiebig vom Hofhund Freddy begrüßt. Dann ging ich aber gleich zum Stall und sah dort vier Kälber im Stroh liegen. Auf den ersten Blick konnte ich gar nicht erkennen, welches davon Luise war.

„Hey Luise, ich bin wieder da!" rief ich voller Freude, doch kein Kälbchen rührte sich. Ich sah mir jedes einzelne genau an und war entsetzt! Keines davon war Luise. „Das kann doch nicht sein", dachte ich und schaute mir sicherheitshalber noch die Nummern auf den Ohrenmarken der Kälber an. Luise war definitiv nicht in diesem Stall. Ohne zu überlegen, nahm ich mein Handy aus der Hosentasche und rief bei Beate an.

Sie ging ran und ich fragte ohne Begrüßung: „Wo ist Luise?" Sie antwortete in aller Ruhe: "Unten im alten Bullenstall, wo auch die anderen Kuhkälber sind". „Nein", sagte ich, „da ist sie nicht". Mir liefen bereits die Tränen übers Gesicht, weil ich das alles nicht glauben konnte. Beate nannte mir eine Nummer, von der sie ausging, dass es die von Luises Ohrenmarke ist, doch leider war das nicht die Richtige. „Das tut mir jetzt leid", meinte sie, „da hat es wohl eine Verwechslung gegeben".

Ich bat Beate, das falsche Kalb weg zu bringen und Luise wieder zurückzuholen. Doch sie meinte, dass das jetzt nicht mehr gehen würde, denn da wo Luise jetzt sei, wären noch viele fremde Rinder, die möglicherweise Krankheiten übertragen, die dann in ihren Stall eingeschleppt werden könnten. In diesem Moment brach für mich die Welt zusammen, ich konnte das alles nicht glauben!

Beate verriet mir, wo Luise hingekommen war und sagte, dass ich sie dort bestimmt besuchen könnte. Sie würde sogar dem Besitzer des Mastbetriebes Bescheid geben, dass ich vorbeikäme. Völlig aufgelöst beendete ich das Gespräch und setzte mich in mein Auto. Beate sprach ein Wort aus, das ich auf keinen Fall hören wollte. „Mastbetrieb" – das war die absolute Horrorvorstellung! Dass ich Luise dort besuchen könnte, war überhaupt kein Trost für mich, denn ich hatte schließlich keinen blassen Schimmer wie viel Zeit noch blieb, bis sie ans Messer geliefert werden müsste. Ich hatte die schlimmsten Bilder vor Augen, wie Luise jetzt wohl untergebracht sein würde, immerhin sieht man ja solche Grausamkeiten des Öfteren in den verschiedensten Medien.

Die Annahme, dass sie mit hunderten von anderen Rindern in einem engen, dunklen Verlies auf einem Bretterboden stehen würde, bestürzte mich extrem. Ich musste handeln, bevor es zu spät war! Aber wie? Da war es wieder: das Gefühl von absoluter Hilflosigkeit. Diesen Tag hätte ich am liebsten aus dem Kalender gestrichen, doch eines war klar: Ich musste weiterkämpfen! Abends kam ich völlig aufgelöst nach Hause und erzählte Matthias sofort, was geschehen war.

Er weiß, was mir Luise bedeutet und konnte auch nicht glauben, was nun passiert war. Er nahm mich in den Arm und sagte: „Wir fahren morgen mal dort hin und besuchen Luise."

KAPITEL FÜNF:
DIE TAGE SIND GEZÄHLT

Nervös und aufgeregt, weil ich nicht wusste, was nun auf mich zukommen würde, fuhr ich am nächsten Morgen mit Matthias in den Mastbetrieb, in den Luise gebracht worden war. Dort angekommen, stiegen wir aus dem Auto und standen in einem Hof mit zwei Wohnhäusern. Eine Frau, die uns gesehen hatte, fragte nach, ob sie uns helfen könne. Ich sagte ihr, dass wir zu Herrn Weber wollten, und sie zeigte uns die Haustür, an der wir klingeln sollten.

Einerseits konnte ich es kaum erwarten, Luise zu sehen, aber andererseits hatte ich auch Angst davor, weil ich nicht wusste, was mich erwarten würde. Ich hatte immer noch diese furchtbaren Horrorbilder im Kopf wie man sie oft in der Zeitung, im Fernsehen und im Internet sieht. „Wie wird Luise reagieren, wenn sie mich sieht? Wird sie sich freuen? Ist sie vielleicht sauer auf mich, weil sie wegmusste, obwohl ich ihr doch versprochen hatte, dass sie bleiben darf?" Ich fühlte mich richtig mies, weil ich keinen Einfluss darauf gehabt hatte, was passiert war.

Herr Weber öffnete die Tür und fragte, was er für uns tun könne. Matthias und ich stellten uns kurz vor und ich schilderte ihm mein Anliegen: „Ich möchte gerne meine kleine Luise besuchen. Durch eine Verwechslung ist sie leider hier in Ihrem Betrieb gelandet. Es handelt sich um eins der Kuhkälber, die vor ein paar Tagen von Ihnen bei Beate und Klaus abgeholt worden sind." „Ach herrje", sagte Herr Weber, „Dann gehen wir mal nach hinten zum Stall und ich zeige euch, wo die Kälber stehen." Auf dem Weg dorthin erzählte ich ihm von Luises Geburt und wie die Freundschaft zwischen uns entstanden war.

Als wir durch den ersten Stalltrakt liefen, war ich positiv überrascht. Die Rinder hatten dort richtig viel Platz, um sich frei bewegen zu können, es war alles mit frischem Stroh eingestreut und genug Tageslicht hatten die Tiere auch. Im dahinter liegenden Hof gab es einen riesigen Laufstall und ich konnte erkennen, dass es die Bullenkälber von Beate waren, die dort standen. Am Ende des Hofes sind wir dann rechts abgebogen, wo sich noch ein weiterer Stalltrakt befand, in dem die weiblichen Rinder untergebracht waren.

Alle Tiere hatten ausreichende Bewegungsfreiheit, Blick ins Freie, genug zu fressen und ein Strohbett unter den Füßen. Ich war sehr erfreut darüber und atmete erleichtert auf. „Die Tiere haben es hier wirklich schön", dachte ich.

Angrenzend an die großen Kuhställe gab es sogar noch einen Pferdestall und mehrere Koppeln. Die Pferde waren dort von Privatpersonen untergebracht, also vergleichbar mit dem Stall, in dem Luise zur Welt gekommen war.

„So", sagte Herr Weber, „Hier sind die Kuhkälber von Beate. Welches davon ist denn die Luise?" Ich blickte in den Stall, rief Luises Namen und sie stand einfach nur betröppelt da, ohne zu mir zu kommen. „Geh doch einfach mal rein zu ihr", sagte Matthias.

Herr Weber nickte und ich kletterte über den Futtertrog in den Stall hinein, um Luise zu begrüßen. Sie machte einen enttäuschten Eindruck und verhielt sich überhaupt nicht so, wie sie es sonst immer getan hatte. Herr Weber wollte die Ohrenmarken – Nummer von ihr wissen, die ich ihm auch gleich nannte.

Luise ließ sich von mir streicheln, ohne auch nur eine Gefühlsregung zu zeigen. „Sie ist definitiv beleidigt", dachte ich und überlegte, wie ich das alles wiedergutmachen könnte. Herr Weber erzählte in der Zwischenzeit, dass Luise beim Ausladen nach dem Transport, absolut nicht aus dem LKW herauswollte. „Bestimmt wollte sie wieder dahin zurück, wo sie hergekommen war", sagte ich. Zu gerne hätte ich gewusst, was in Luises Köpfchen vorgegangen war. Herr Weber erzählte uns auch, dass es in seinem Stall noch eine Kuh gäbe, die so zahm und lieb wie Luise sei. Ihr Name war Hilde und die Kinder von Herrn Weber hatten sich immer um sie gekümmert. Das klang für mich sehr schön und ich hatte wieder ein Fünkchen Hoffnung, Luises Leben retten zu können.

„Vielleicht wäre es ja möglich, Luise und Hilde irgendwann zusammen auf eine Wiese zu stellen", dachte ich für einen kurzen Moment. Ich versprach Luise, sie so oft wie möglich besuchen zu kommen und mir weiterhin Gedanken zu machen, wie ich sie befreien könnte. Allerdings musste ich zuerst noch herausfinden, wieviel Zeit ich noch hatte.

Nachdem ich mich schweren Herzens von ihr losgerissen hatte, gingen wir wieder zurück zum Auto und unterhielten uns noch einen Augenblick mit Herrn Weber.

Ich fragte ihn, ob ich Luise besuchen dürfte, solange sie noch bei ihm ist. Er hatte nichts dagegen einzuwenden und sagte auch gleich, dass die Rinder noch bis mindestens September nächsten Jahres bei ihm wären, bevor sie zum Schlachthof transportiert werden würden. Somit war meine Frage, die ich noch stellen wollte, schon beantwortet. Ich hatte also noch ganze neun Monate Zeit, um mir etwas einfallen zu lassen. Wir bedankten uns bei Herrn Weber dafür, dass er sich so viel Zeit genommen hatte, sagten „tschüss" und fuhren wieder nach Hause.

Ich war dankbar für jeden Tag, an dem ich Luise sehen konnte, doch die Vorstellung, dass ich spätestens ab nächstem September genauso empfinden würde, wie kurz vor Luises Verwechslung, machte mich traurig. So weit dürfte es keinesfalls kommen und ich beschloss, positiv zu denken und weiter zu recherchieren, welche Möglichkeiten es gäbe, Luise zu behalten. Immerhin hört man ja des Öfteren von Rindern und anderen Tieren, die vor dem Schlachthof gerettet wurden.

Drei Tage später besuchte ich Luise erneut und diesmal war sie schon etwas aufgeschlossener. Sie kam gleich zu mir gelaufen, als ich sie rief. Während ich sie noch streichelte, kam plötzlich Herr Weber um die Ecke.

„Hallo", sagte er und fing ein Gespräch an. „Dir scheint ja schon viel an der Kleinen zu liegen." „Ja", antwortete ich, „sie ist mir sehr ans Herz gewachsen und ich kann es einfach nicht zulassen, dass sie geschlachtet werden muss."

„Die Hilde ist ja auch schon ein paar Jahre hier, nur haben meine Kinder im Laufe der Zeit das Interesse an ihr verloren", meinte er. Daraufhin fragte ich Herrn Weber, ob es nicht möglich wäre Luise und Hilde zusammen auf eine Wiese zu stellen, wo sie zu zweit ihr Leben genießen könnten. Leider waren aber inzwischen auch Hildes Tage gezählt und sie sollte, ebenso wie die anderen Rinder, bedauerlicherweise den regulären Weg in die Fleischproduktion gehen.

„Wie wäre es denn, wenn ich Ihnen Luise abkaufe und wir sie zu den Pferden auf die Koppel stellen?" fragte ich ihn. „Hm, das wird so nicht funktionieren, befürchte ich. Aufgrund der Vorgaben des Tierseuchengesetzes kann ich das leider nicht einfach so machen. Da kann dir aber das Veterinäramt genauere Auskünfte geben", erklärte mir Herr Weber. Ich konnte das alles nicht verstehen, es kann doch nicht so kompliziert sein, einer Kuh das Leben zu retten.

Es war inzwischen schon kurz vor Weihnachten, als ich einen Termin bei Sabine hatte, einer Pferdezüchterin aus dem Wetteraukreis. Ich sollte drei Islandpferde aus ihrer Zucht osteopathisch behandeln. Wir trafen uns bei ihr zuhause und fuhren gemeinsam in einem Auto zu den Pferden.

Auf dem Weg dorthin kamen wir an einer Kuhweide vorbei und ich wunderte mich, dass die Kühe im Dezember noch draußen standen. Sabine erklärte mir, dass sich auf der anderen Seite der Weide ein Stall befindet, wo die Kühe das ganze Jahr über ein und ausgehen können, wie sie es wollten. „Sowas wünsche ich mir auch für meine Luise", sagte ich zu ihr.

Da Sabine noch nicht wusste, wer Luise ist, erzählte ich ihr die ganze Geschichte - von der Geburt angefangen bis zum jetzigen Zeitpunkt. Sie war sehr gerührt von meiner Erzählung und bot mir an, bei dem Bauern nachzufragen, ob Luise eventuell dort untergebracht werden könnte. Das fand ich total nett von ihr und ich bedankte mich schon mal im Voraus für ihre Bemühung. Luise wäre dann zwar etwas weiter entfernt, aber die Hauptsache war, dass sie am Leben bleiben könnte.

An Heiligabend war ich morgens zuerst bei meinem Pferd und erledigte die Stallarbeit, bevor ich zu Luise fuhr. Als ich

bei ihr ankam, sah ich sie wie ein Häufchen Elend im Stroh liegen. Schnell ging ich zu ihr und setzte mich neben sie. „Mensch Luise, was ist denn los mit dir, du gefällst mir ja gar nicht", sagte ich. Sie sah mich leidend an und gab nur ein Stöhnen von sich.

Das Atmen fiel ihr schwer, weil sie eine richtig verklebte Rotznase hatte. „Hoffentlich stirbt sie nicht!", dachte ich.

Sie senkte erschöpft ihren Kopf auf meinen Schoß und ich glaube, sie war froh, dass ich da war. Vorsichtig legte ich Luises Köpfchen wieder ins Stroh, stand auf und lief los, um Hilfe zu holen. Es war mir etwas unangenehm, Herrn Weber an Weinachten stören zu müssen, aber ich konnte Luise nicht so zurücklassen. Weit und breit war keine Menschenseele zu sehen, deshalb ging ich zum Haus und klingelte an der Tür. Ein junger Mann öffnete und fragte was er für mich tun könnte. Ich sagte ihm, dass Luise krank sei und dringend einen Tierarzt bräuchte. Der junge Mann hieß Florian und war der Sohn von Herrn Weber. Er wusste sogar schon, wer Luise ist und dass ich regelmäßig in den Stall komme, um sie zu besuchen. Florian zog sich gleich seine Schuhe an und ging mit mir zum Stall.

Er schaute Luise an und fasste an ihre Ohren. „Sie hat sich wohl einen fieberhaften Infekt eingefangen", meinte er. „Wenn mein Vater da ist, bekommt sie gleich ein Medikament, dann geht es ihr bestimmt morgen wieder besser." „Ok, das hoffe ich", sagte ich. Florian sah die Sache ziemlich entspannt und erklärte mir, dass es hin und wieder vorkommen würde, dass auch Rinder sich mal erkälten könnten. Das beruhigte mich ein bisschen, aber trotzdem hatte ich große Angst um Luise und wäre am liebsten bei ihr geblieben, bis es ihr besser gehen würde. Ich hielt ihr ein Bündel Heu vor die Nase, doch sie wollte nichts fressen. Ich bot ihr etwas Wasser an, das ich aus dem Tränkebecken holte, aber auch das verweigerte sie. Leider konnte ich nichts tun, außer zu hoffen, dass sie bald ihre Medizin bekommen würde, damit sie wieder zu Kräften kommen konnte. „Tolle Weihnachten", dachte ich.

Ich blieb noch so lange wie möglich bei Luise, bis ich mich wider Willen von ihr verabschiedete. „Gute Besserung, kleine Luise und frohe Weihnachten", wünschte ich ihr, bevor ich ging. Den restlichen Weihnachtstag über ging mir das Bild nicht aus dem Kopf, wie ich Luise vorgefunden hatte. Ich hatte wirklich große Angst, dass sie die Nacht nicht überstehen würde. Matthias versuchte mich positiv zu stimmen, er meinte: „Sie ist dort doch gut versorgt. Wenn sie ihre Medizin bekommen hat, wird es ihr bestimmt morgen schon viel besser gehen. Mach dir nicht so große Sorgen."

Wir verbrachten den Weihnachtsabend wie jedes Jahr bei meiner Familie. Meine Mutter hatte sehr gut gekocht und wir saßen lange am Esstisch beisammen, aßen und redeten über Gott und die Welt. Natürlich erzählte ich auch, dass es Luise gar nicht gut ging und ich mir fürchterliche Sorgen um sie machte. Diese Nachricht ging meinen Eltern sehr nahe, denn auch sie hatten Luise inzwischen liebgewonnen. Also hofften wir dann alle gemeinsam, dass die Medikamente wirken und Luise bald wieder fit sein würde.

Nach einem schönen, aber langen Abend mit der Familie hoffte ich, dass die Nacht schnell rum gehen würde, denn ich konnte es kaum abwarten zu meinem Sorgenkind zu kommen.

Am nächsten Morgen stand ich schon früh auf, um mich gleich auf den Weg zu Luise zu machen. Ich hoffte sehr, dass es ihr heute besser gehen würde, jedoch wusste ich nicht, was mich erwarten würde, wenn ich sie sehe.

Kaum auf dem Hof angekommen, sprang ich aus meinem Auto und lief zu Luises Stall. Vorsichtig schaute ich um die Ecke und sah zahlreiche Kälber am Futtertrog stehen und Heu fressen. Eines davon hatte einen lilafarbenen Strich auf der Stirn und ich erkannte sofort, dass es Luise war. „Hey Luise, es geht dir wieder besser" sagte ich erfreut und streichelte ihr Köpfchen.

Sie ließ sich nicht vom Fressen abhalten und ich genoss es, bei ihr zu sein und ihr zu zuschauen, wie sie sich das Heu schmecken ließ.

Ich war überglücklich, dass sie wieder auf den Beinen war und Hunger hatte.

Nach einiger Zeit kam auch Herr Weber zum Stall. „Guten Morgen und frohe Weihnachten", sagte er und ich begrüßte ihn auch mit einem fröhlichen „Guten Morgen, ebenfalls frohe Weihnachten!" „Ich bin so erleichtert, dass es Luise besser geht", sagte ich und fragte auch gleich, was es mit dem lila Strich auf ihrer Stirn auf sich habe.

Herr Weber erklärte mir, dass das eine Markierung sei, mit der man, ohne lange suchen zu müssen, erkennen könne, welches der Kälber Medikamente bekommen muss. „Das macht Sinn", dachte ich. Ich kraulte Luise hinter den Ohren und sie genoss es so sehr, dass sie sogar aufhörte zu fressen und ihre Augen schloss. Herr Weber beobachtete Luise und mich einen Augenblick und grinste dabei. „Du bist schon ein bisschen verrückt", sagte er zu mir und ging dann in Richtung Pferdestall.

Ein paar Minuten später kam er mit dem Traktor zurück zu den Kuhställen. Er blieb kurz neben mir stehen, öffnete die Fahrertür und rief: „Du müsstest dich dann mal kurz von deiner Luise losreißen, damit ich einstreuen kann!"

Ich ging etwas zur Seite und sah, dass sich auf dem Anhänger, der am Traktor hing, ein großer Rundballen Stroh befand. Herr Weber fuhr damit ganz nah und sehr langsam an den Stallungen vorbei. Dabei wurde automatisch das Stroh durch einen Schacht in die Ställe zu den Kühen geblasen.

Ich fand das äußerst interessant, denn ein solches Einstreugerät hatte ich zuvor noch nie gesehen. Den Kühen schien der Strohregen gut zu gefallen, denn sie wollten immer dorthin, wo das meiste Stroh geflogen kam. Einige von ihnen machten sogar richtige Freudensprünge. Es machte großen Spaß zuzuschauen, wie die Kühe ihr Wohlbefinden zeigten, wenn es frisches Stroh gab.

Nachdem alle Ställe eingestreut waren, ging ich zu Luise hinein, um noch ein bisschen Zeit mit ihr zu verbringen. Sie war noch nicht komplett gesund, aber ich war heilfroh, dass die Medizin angeschlagen hatte und sie auf dem Weg der Besserung war. Berieselt vom Stroh, stand sie etwas abseits von den anderen und wartete, bis ich zu ihr kam.

Ich fing an sie zu streicheln und auch hier legte sie sich hin, als ich mit meinen Händen über ihre Vorderbeine strich. Es war so schön zu sehen, dass es ihr deutlich besser ging, und ich konnte mich heute von ihr verabschieden, ohne mir Sorgen machen zu müssen. Die Tiere haben es hier ausgesprochen gut, da könnte sich so mancher Mastbetrieb mal eine Scheibe von abschneiden.

Nun konnte ich mit einem guten Gefühl die Weihnachtstage verbringen und über Silvester noch ein paar Tage wegfahren, bevor ich anfing mich intensiv um Luises Rettung zu kümmern.

KAPITEL SECHS:
NEUES JAHR - NEUES GLÜCK

Nach einem ruhigen Start ins neue Jahr hatte ich mir fest vorgenommen, alles in die Hand zu nehmen, was dazu beitragen würde, Luise am Leben zu halten. Da Sabine bei dem Bauern mit der ganzjährigen Weidehaltung nachfragen wollte, ob er noch eine Kuh aufnehmen würde, rief ich erst mal bei ihr an. Leider ging sie nicht ans Telefon und ich hinterließ eine Nachricht auf ihrer Mailbox mit der Bitte um Rückruf. Unterdessen machte ich mich auf den Weg zu Luise und hoffte, dass sie wieder völlig gesund ist.

Im Stall angekommen, sah ich Herrn Weber über den Hof laufen. „Hallo und ein frohes neues Jahr!", rief ich ihm zu. „Moin, danke ebenso" antwortete er. „Die Luise vermisst dich schon und ruft seit Tagen nach dir", meinte er. Ich musste schmunzeln und sagte: „Dann wird sie sich bestimmt freuen, wenn sie mich jetzt sieht!"

Herr Weber lief mit mir zu den Ställen und erzählte, dass die Rinder jetzt nach und nach von der Heufütterung auf Mais umgestellt werden würden. Die Mägen müssten sich erst langsam an das andere Futter gewöhnen, da die Rinder bei Beate nur Heu und Gras gefressen hatten, erklärte er mir.

Maissilage ist das wichtigste Grobfutter in der Rindermast. Ein höherer Energiegehalt im Grobfutter ermöglicht gleichzeitig einen besseren Verzehr. Der übermäßige Anstieg in der Energieaufnahme äußert sich unmittelbar in einer deutlichen Zunahme des Wachstums. (Quelle: www.maiskomitee.de)

Als wir bei Luise angekommen waren, rief ich ihren Namen. Sie sprang sofort voller Begeisterung herbei und konnte

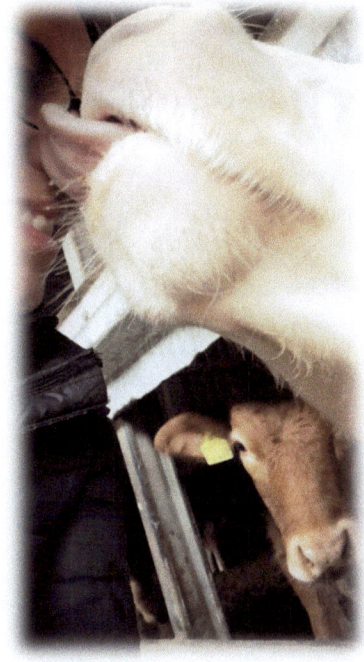

es kaum erwarten, von mir ausgiebig begrüßt zu werden.

Luise war wieder topfit und ganz die „Alte". „Welch ein Glück, sie ist wieder gesund", sagte ich.

Dann erzählte ich Herrn Weber, dass ich mich in den nächsten Tagen mit dem Veterinäramt in Verbindung setzten würde, um eine Lösung zu finden, damit Luise nicht zum Schlachter muss. Er

wünschte mir viel Glück und bat mich, ihn auf dem Laufenden zu halten.

Immer wenn ich bei Luise war, verging die Zeit viel zu schnell. Ich konnte alles um mich herum vergessen und einfach entspannen. Doch diesmal vibrierte zwischendurch mein Telefon in der Jackentasche und störte diese Ruhe.

Bis ich es endlich herausgeholt hatte, hatte es schon wieder aufgehört zu summen. Auf dem Display sah ich, dass es Sabine gewesen war, die mich erreichen wollte. Sofort rief ich zurück und sie nahm auch gleich ab. „Hallo Stephie, frohes Neues", sagte sie fröhlich. „Danke dir, das wünsche ich dir auch!", antwortete ich. Zuerst redeten wir darüber, was wir an Silvester gemacht hatten und dann fragte Sabine nach Luise und wie es ihr denn ginge. Ich erzählte ihr, dass Luise über Weihnachten krank und ich sehr besorgt um sie gewesen war, aber jetzt heilfroh bin, dass sie wieder gesund ist. Daraufhin fragte ich sie, ob sie denn schon bei besagtem Bauern nach einem Platz für Luise gefragt hätte.

Doch leider hatte Sabine keine gute Nachricht für mich. Der Bauer war gerade dabei seinen Bestand zu reduzieren, da er in naher Zukunft in Rente gehen wollte. Deshalb konnte er mir leider keinen Platz für Luise anbieten. Sabine versprach mir aber, sich weiterhin umzuhören und mir umgehend Bescheid zu geben, falls sich etwas finden würde. Dafür bedankte ich mich bei ihr und wir beendeten unser Gespräch.

Ich kuschelte mich enttäuscht an Luise und dachte mir: „Schade, aber das war ja erst der erste Versuch, um eine Bleibe für die Kleine zu finden." Immerhin hatte ich noch neun Monate Zeit und es müsste doch gelingen bis dahin eine Lösung zu finden. Meine Überzeugung, dass mir das zuständige Veterinäramt dabei weiterhelfen könnte, was zu tun wäre und welche Möglichkeiten es gäbe, ein Rind zu kaufen, war recht groß. Allerdings wollte ich erst noch ein paar Minuten bei Luise bleiben, bevor ich dort anrief.

Ich suchte die Nummer des zuständigen Veterinäramtes heraus und betätigte die Wahltaste. Es klingelte sehr lange, bis jemand abnahm. Zuerst war ein Herr am Apparat, dem ich mein Anliegen grob schildern musste, um dann an die zuständige Mitarbeiterin weiter verbunden zu werden. Sie nahm den Hörer ab, nannte ihren Namen und fragte: „Mit wem spreche ich?". „Desch ist mein Name, ich hätte ein paar Fragen an Sie. Es geht darum, dass ich gerne ein besonderes Kälbchen kaufen möchte, damit es nicht geschlachtet wird. Können Sie mir sagen, was ich dabei beachten muss?"

Die Dame wollte daraufhin von mir wissen, wo sich das Kalb denn derzeit befände und welche Registriernummer es habe. Ich war etwas irritiert, weil ich ja nur erst mal in Erfahrung bringen wollte, was ich tun müsste. Sie meinte aber, dass sie mir ohne diese Informationen nicht weiterhelfen könne. Also nannte ich ihr den Hof, wo Luise untergebracht war und ihre Ohrenmarken-Nummer. Sie stellte fest, dass es sich um einen Mastbetrieb handelte, in dem Luise lebte und sagte sofort: „Das tut mir leid, aber da gibt es keine Möglichkeit. Rinder, die in einem Mastbetrieb sind, dürfen ausschließlich an den Schlachthof weiterverkauft werden."

Ich dachte, mich verhört zu haben und fragte noch mal nach: „Habe ich das richtig verstanden? Es gibt keinen anderen Weg, außer den zum Schlachter?"

„Ja genau, so gibt es das Gesetz vor", bekam ich zur Antwort. „Das bedeutet also, dass ich das Kälbchen dann direkt beim Schlachthof kaufen muss?" hakte ich nach.

„Nein, die Tiere, die zum Schlachthof kommen, werden dort geschlachtet und dürfen diesen Hof nicht mehr lebend verlassen", antwortete sie mir in einem energischen Ton. „Aber wie kann es dann sein, dass schon so viele andere Tiere vor dem Schlachter gerettet worden sind? Es muss doch eine Möglichkeit geben, ein Tier, das einem so sehr ans Herz gewachsen ist, davor zu bewahren?", fragte ich.

Die Antwort, die ich bekam, klang absolut genervt: „Dazu kann ich ihnen leider keine Auskunft geben." „Na gut", sagte ich. „Ich werde noch mal darüber nachdenken und mich gegebenenfalls wieder bei ihnen melden. Auf Wiederhören." „Auf Wiederhören" hörte ich es noch während des Auflegens aus dem Hörer klingen.

Große Enttäuschung machte sich in mir breit, doch ich wusste, dass ich das nicht hinnehmen konnte, was mir die Dame vom Amt gerade gesagt hatte. Zuhause erzählte ich Matthias von dem Gespräch. Auch er konnte es nicht verstehen, dass es für jeden möglich war, ein Pferd, einen Hund, einen Esel oder ein beliebiges anderes Tier zu kaufen, aber keine Kuh. Meine Eltern waren ebenso sprachlos, als ich ihnen sagte, dass es laut Aussagen des Veterinäramtes für Luise keine Chance geben würde.

Selbst im Internet konnte ich keine Hinweise finden, wie man eine Kuh aus einem Mastbetrieb retten könnte. „Scheinbar ist es nicht üblich, dass man ein Tier aus der Mast kauft, schließlich werden solche Tiere ja gezüchtet, um gegessen zu werden", dachte ich ironisch.

Am liebsten hätte ich die Dame vom Veterinäramt mal eingeladen, um Luise mit mir zu besuchen, damit sie mich dann vielleicht verstehen würde. Die Gesamtsituation war mal wieder extrem frustrierend, aber ich hatte Luise versprochen, alles zu tun, was in meiner Macht stünde.

Ich beschloss, mir noch einige Gedanken zu machen und Lösungsvorschläge zu finden, die ich beim Veterinäramt anbringen könnte, damit sie mir vielleicht doch entgegenkommen würden. Herrn Weber erzählte ich natürlich auch von dem besagten Telefongespräch. Auch er konnte nur verständnislos mit dem Kopf schütteln. Für ihn wäre es kein Problem gewesen, mir Luise zu verkaufen, aber leider musste er sich an die gesetzlichen Vorgaben halten. Das „Ok" vom Veterinäramt konnte bedauerlicherweise nicht umgangen werden.

In den nächsten Tagen hatte ich erneut einen Termin bei Sabine, um ihren Ponyhengst zu behandeln.

Da ich inzwischen wusste, wo die Pferde stehen, trafen wir uns diesmal direkt am Stall. Bevor wir mit der Behandlung anfingen, erzählte ich auch ihr von dem Gespräch mit dem Veterinäramt. Sabine konnte es ebenfalls nicht fassen. „Unglaublich" sagte sie. „Es kann doch nicht so schwer sein, ein Kälbchen zu kaufen." Ich begann mit der Behandlung ihres Hengstes und wir überlegten dabei gemeinsam, welche Möglichkeiten es noch gäbe. Aber leider hatten wir keine wirklich seriös umsetzbaren Ideen. Man könnte es schon eher „kriminelle Gedanken" nennen, was uns einfiel. Luise einfach verschwinden zu lassen, ihr andere Ohrenmarken verpassen und sie irgendwo auf eine Wiese stellen, auf der keiner sie finden würde.

Aber sowas würde ich mich niemals trauen, geschweige denn mit meinem Gewissen vereinbaren können. „Ein Schlachter müsste Luise für mich kaufen und so tun, als würde er sie schlachten, sie aber in Wirklichkeit an mich weiterverkaufen." Das war die sinnvollste und ehrlichste Idee, die ich hatte. Aber welcher Schlachthof würde sich auf so etwas einlassen?

Die Situation war äußerst verzwickt, aber es war erst Januar und mir blieben noch acht Monate Zeit. Nachdem ich mit der Behandlung von Sabines Hengst fertig war, brachten wir ihn gemeinsam zur Koppel und redeten darüber, wie das Training für ihr Pferd in den nächsten Tagen aussehen sollte.

Plötzlich blieb Sabine abrupt stehen, fasste sich an den Kopf und meinte: "Ich Blödmann! Ein Freund von mir, der Holger, er ist Metzger und schlachtet seine eigenen Kühe.

Den frage ich mal, ob er Luise zu sich nehmen würde, natürlich ohne sie zu schlachten. Das wär's doch! Wieso bin ich da nicht gleich draufgekommen?" „Wie genial ist das denn? Das wäre ja super klasse, wenn er das machen würde! Ja, frage ihn bitte!", erwiderte ich. Wir freuten uns beide, dass es eventuell eine Lösung geben könnte. Nachdem wir das Pony auf die Wiese gestellt und zurück zum Stall gegangen waren, verabschiedete ich mich von Sabine und stieg in mein Auto. Sie meinte, dass sie sich sofort bei mir melden würde, wenn sie Holger erreicht hätte. Ich wollte erst einmal abwarten, wie ihr Freund reagieren würde, bevor ich wieder beim Veterinäramt anrief.

Ehrlich gesagt hatte ich keine allzu große Hoffnung, dass ein Metzger eine Kuh, die nicht in die Wurst soll, in seine Herde stellen würde, aber man kann ja nie wissen. Der Gedanke, dass Luise dann ständig mit anderen Kühen zusammen sein würde, die dann nach und nach auch geschlachtet werden würden, machte mir Sorgen. Aber so wäre sie zumindest in Sicherheit und ich könnte mich in Ruhe nach einem neuen Platz umsehen.

Ich musste nun meine Fühler in alle Richtungen ausstrecken, damit es eine Rettung für Luise geben konnte und so erzählte ich fast jedem ihre Geschichte. Erstaunlicherweise waren die meisten Leute sehr gerührt und boten mir an, sich umzuhören. In der Nähe von Frankfurt habe ich eine Kundin, die einen Gnadenhof betreibt. Ich rief sie an, erzählte ihr von meinem Anliegen und fragte sie, ob sie vielleicht einen Platz für meine Kleine hätte.

Leider konnte sie mir für eine Kuh nichts anbieten, aber sie gab mir drei Telefonnummern von Gnadenhöfen, bei denen ich es versuchen könnte. Leider Gottes hatte ich auch dort kein Glück. Keiner der Höfe konnte mir einen Platz für Luise bereitstellen, da keine Kapazitäten mehr vorhanden waren.

Es vergingen mehrere Tage, in denen sich nichts tat und ich auch keine weiteren Ideen mehr hatte. Ich besuchte Luise mindestens dreimal pro Woche und hatte das Gefühl, dass sie meinen Frust bemerkte. Sie war unglaublich verschmust und anhänglich. Es fiel mir jedes Mal schwerer von ihr weg zu gehen.

Doch eines Morgens, als ich gerade wieder auf dem Weg zu Luise war, rief mich Sabine an und erzählte mir freudestrahlend, dass Holger, der Metzger, kein Problem damit hätte, Luise bei sich aufzunehmen, ohne sie zu schlachten. Die einzige Bedingung wäre, dass sie gegen Blauzungenseuche geimpft sein müsste. Ich freute mich riesig, dass es nun doch so schnell eine Lösung gab und erzählte gleich Herrn Weber davon, als ich auf dem Hof ankam. Er freute sich mit mir und meinte, dass dem Verkauf aus seiner Sicht nichts im Wege stehen würde, sobald das Veterinäramt seine Zustimmung gegeben hätte.

Überglücklich kam ich zu Luise und erzählte ihr gleich, dass sie zwar zu einem Metzger gebracht werden würde, aber keine Angst haben müsste, geschlachtet zu werden. „Und auf die Wiese darfst du dort im Sommer auch wieder", sagte ich zu ihr.

„Metzger rettet Rind vor dem Schlachthof" - an so etwas Absurdes hätte wohl niemand gedacht.

Für den nächsten Tag nahm ich mir vor, dem Veterinäramt mitzuteilen, dass ich einen Metzger gefunden hatte, der Luise kaufen würde.

KAPITEL SIEBEN:
DAS DRAMA GEHT WEITER

„Mit der Tatsache, dass Luise von einem Metzger gekauft werden würde, sollte doch allen geholfen sein", dachte ich. „Ich müsste nur noch dem Veterinäramt Bescheid geben, den Tierarzt bestellen, damit er Luise gegen die Blauzungenseuche impft und dann könnten wir sie bestimmt abholen."

So richtig freuen konnte ich mich allerdings noch nicht, schließlich wäre es nicht das erste Mal, dass ich dachte, Luise wäre in Sicherheit. Nichtsdestotrotz rief ich beim Veterinäramt an und wurde gleich wieder mit derselben Mitarbeiterin verbunden, mit der ich beim letzten Telefonat schon gesprochen hatte. Ich erklärte ihr den neuen Stand der Dinge, dass ein Metzger Luise in seinem Bestand aufnehmen würde, ohne sie zu schlachten. Leider bekam ich nicht die Antwort, die ich mir erhofft hatte.

Sie sagte mir, dass der Metzger zwar das Rind kaufen könne, er es aber trotzdem schlachten müsse. Das wollte und konnte ich einfach nicht glauben und fragte, welche Alternativen es gäbe, Luise aus dem Betrieb von Herrn Weber kaufen zu können. Doch wieder bekam ich zur Antwort, dass es keine andere Möglichkeit gäbe, außer den Schlachthof. „Irgendeinen Weg muss es doch geben, Luise ein schönes Leben zu schenken. Sie bedeutet mir so viel und es wäre das Schlimmste für mich, wenn sie geschlachtet werden müsste", sagte ich traurig.

Daraufhin bot die Dame mir an, noch mal mit ihrem Vorgesetzten über das Thema zu sprechen und sich bei mir zu melden, sobald sie etwas in Erfahrung gebracht hätte. Ich bedankte mich für ihre Mühe, beendete das Gespräch und war wieder mal absolut enttäuscht. Die Hoffnung, dass sie sich bei mir melden würde, war sehr gering.

Aber tatsächlich rief sie mich am nächsten Tag an und sagte mir, dass es doch eine Möglichkeit geben würde, das Kalb aus dem Bestand von Herrn Weber zu kaufen, allerdings wäre das mit hohem Aufwand verbunden. „Na also, es geht doch!", dachte ich und fragte optimistisch, um welchen Aufwand es sich denn handeln würde. Die Antwort schockierte mich, ich dachte, ich bin im falschen Film und fühlte mich nicht im Geringsten ernst genommen. Herr Weber solle seinen gesamten Rinderbestand und alle Bullen bis zum 9. Lebensmonat auf BHV1 (Bovines Herpes Virus Typ1) testen lassen. Wenn all seine Tiere gesund wären, könnte ich Luise kaufen. Die BHV1-Verordnung würde dies so vorschreiben und daran müsse sich gehalten werden. Man bräuchte für die Untersuchung einen Zwangsstand, in den jedes Rind einzeln nacheinander zum Blut abnehmen hineingetrieben wird und ein Tierarzt müsse kommen, um die Blutentnahmen durchzuführen, erklärte mir die Frau vom Amt.

Aber warum muss man einen kompletten Bestand testen, wenn nur ein Rind entnommen werden soll? Es konnte doch keine Krankheit in den Stall hineinkommen, wenn ein einziges Rind den Betrieb verlassen würde! Das war für mich alles völlig unlogisch.

Ich musste darüber erst einmal nachdenken und wollte natürlich auch mit Herrn Weber sprechen. Also beendete ich das Gespräch und kündigte an, dass ich mich wieder melden würde.

Noch am selben Tag fuhr ich zu Luise und erzählte ihr von der nächsten Hürde, die es zu überwinden gab. Es war die reinste Berg- und Talfahrt und ich hatte keine Ahnung wie das alles ausgehen würde. Luise war heute wieder sehr verschmust und ließ sich ausgiebig von mir hinter den Ohren kratzen. Als ich damit aufhörte, kam sofort ein kleiner Stoß mit ihrer Nase, als Aufforderung, weiterzumachen. Also hockte ich mich vor sie und kraulte mit beiden Händen an ihrem Hals weiter. Dabei legte sie ihr Köpfchen auf meine Schulter und bewegte sich keinen Zentimeter. Kurz darauf kam Herr Weber mit dem Traktor um die Ecke gefahren. Die Traktorschaufel war voll mit Maissilage und alle Rinder liefen in Richtung Futtertrog. Auch Luise ließ sich nicht aufhalten und lief hinterher. Ich ging aus dem Stall hinaus und Herr Weber kippte die Ladung Mais in den Trog. Danach fuhr er ein Stück zurück, hielt an und stieg aus seinem Traktor aus. Während wir den Tieren beim Fressen zusahen, erzählte ich ihm von meinem Gespräch mit dem Veterinäramt.

Auch Herr Weber hätte damit nicht gerechnet und war verärgert darüber, dass das Amt mir solche Steine in den Weg legte. Er erklärte mir, dass der Aufwand für diese Forderung kaum umsetzbar wäre, da 350 Rinder getestet werden müssten und dies nicht nur mit einem immensen Zeitaufwand, sondern auch mit einem gewissen Risiko für die Menschen verbunden sei.

Da die Rinder den direkten Kontakt mit dem Menschen nicht gewohnt waren, könnte es passieren, dass sie sich die Blutentnahme nicht so einfach gefallen lassen würden. Gerade bei den Jungbullen könnte es zu lebensgefährlichen Situationen kommen. Das klang alles einleuchtend und ich konnte und wollte auf keinen Fall von jemandem erwarten, sich in so große Gefahr zu begeben.

Egal wem ich von der Sache erzählte, niemand konnte verstehen, warum man 350 Rinder und Bullen untersuchen lassen sollte, wenn man doch nur ein einziges Tier davon haben möchte. Wenn nur ein Rind den Mastbetrieb verlassen würde, blieben ja alle anderen zurück und somit hätte keine Krankheit eingeschleppt werden können. Sollte Luise den besagten BHV1 Virus in sich tragen, wenn sie den Betrieb verlässt, wäre es dann lediglich eine Gefahr für den Bestand, in den Luise verbracht werden würde.

Ich erhoffte mir, dass in der BHV1-Verordnung eine Erklärung zu finden wäre und suchte im Internet danach. Die Verordnung konnte ich zwar finden, aber zum Thema „Rind aus Mastbetrieb kaufen" konnte ich nichts Aussagekräftiges lesen. Außerdem fiel es mir schwer, die Formulierung der Gesetzestexte zu verstehen. Da es mich auch interessierte, mit welchen Kosten der Untersuchungsaufwand verbunden war, rief ich in einem tiermedizinischen Labor an, und fragte, ob dort auch BHV1-Tests durchgeführt würden und wie teuer so ein Test sei. Pro Rind sollte der Test für eine Privatperson 30,00 € kosten. Das wären dann hochgerechnet auf 350 Rinder 10.500 € reine Laborkosten.

Auch der Tierarzt würde zusätzlich Geld kosten und das Leihen eines Zwangsstandes ebenso. So viel Geld konnte ich auf keinen Fall aufbringen. Allmählich schwand in mir jeder Hoffnungsschimmer auf Luises Rettung. Die Zeit verging und ich hatte keine Ideen mehr, was ich sonst noch hätte tun können. „Am Ende muss ich den Transporter auf dem Weg zum Schlachthof überfallen und Luise einfach entführen", dachte ich.

Trotz alledem konnte ich es nicht lassen, Luise weiterhin zwei bis drei Mal pro Woche zu besuchen. Ich konnte und wollte sie nicht einfach so kampflos aufgeben. Eines Nachmittags, als ich wieder bei ihr war, unterhielt ich mich mit Herrn Weber über den momentanen Zustand und die unlogischen Forderungen des Veterinäramtes. Bei diesem Gespräch kam mir endlich die nächste Idee, die ich auch laut aussprach: „Ich würde ja gerne mal wissen, wie andere Ämter reagieren, wenn ich ihnen mein Anliegen schildere." „Ja, das wäre interessant zu erfahren", erwiderte Herr Weber.

Also suchte ich mir im Laufe des Tages einige Nummern von Veterinärämtern aus der Umgebung heraus und rief dort an. Die Hoffnung, dass mir jemand etwas anderes sagen würde als das zuständige Amt, war nicht besonders groß, schließlich gab es ja dieses Gesetz. Trotzdem wählte ich die erste Nummer auf meiner Liste und hatte gleich eine sehr nette Dame am Apparat.

Ich schilderte ihr die Situation und fragte, ob es denn tatsächlich nur diese eine Lösung gäbe, 350 Rinder auf BHV1 testen lassen zu müssen, damit ich ein einziges kaufen könne.

Mit der Antwort, die ich bekam, hatte ich überhaupt nicht gerechnet. Die Frau erklärte mir, dass man natürlich auch eine Ausnahme machen könnte. Dazu müsste das Kalb allerdings für mindestens 30 Tage in Quarantäne gestellt und in dieser Zeit zweimal auf BHV1 getestet werden. Wenn dann die Tests negativ ausgefallen sind, könnte man das Kälbchen freigeben.

Es gab also doch noch ein Fünkchen Hoffnung, aber ich bremste sogleich meine aufkommende Euphorie. Bisher wurde mir jedes Mal ein Strich durch die Rechnung gemacht, wenn ich eine Möglichkeit sah, Luise retten zu können. Ich wollte erst noch bei den anderen Ämtern anrufen und nachfragen, wie dort die Vorgaben sind. Interessanterweise bekam ich von allen dieselbe Auskunft. Niemand erzählte mir, dass es eine Pflicht gäbe, den kompletten Bestand des Mastbetriebes testen zu lassen. Alle sagten, dass das Kälbchen in Quarantäne gestellt werden kann und bevor es in eine neue Herde darf, wären zwei negative BHV1-Tests vorzuweisen. Das Hoffnungsbarometer stieg wieder steil an, aber trotzdem konnte ich nicht verstehen, warum das für Luise verantwortliche Veterinäramt anderer Meinung war.

Also rief ich am nächsten Tag wieder dort an und erzählte der zuständigen Mitarbeiterin von der Aussage der anderen Ämter. Sie beharrte aber darauf, dass das, was sie mir gesagt hatte, so im Gesetz stehe und es keine andere Möglichkeit gebe. Daraufhin bat ich sie, mich mit ihrem Vorgesetzten, zu verbinden. Das war allerdings nicht möglich, da dieser gerade nicht an seinem Platz war. Sie meinte, dass sie noch mal mit ihm sprechen und sich dann wieder bei mir melden würde. Nachdem leider in den nächsten Tagen kein Rückruf von ihr kam, rief ich nach über einer Woche dann selbst noch einmal an und bat darum, mit dem Vorgesetzten verbunden zu werden. Leider war er diesmal außer Haus.

Die gute Frau erklärte mir, dass sie das Thema noch mal angesprochen hätte und es keine andere Lösung gäbe, außer dass Herr Weber seine Rinder testen ließe. Sie argumentierte damit, dass er bei einer negativen Testung seiner Rinder den Status „BHV1- frei" bekäme. Er hätte sogar dann für ein Jahr die Möglichkeit, seine Tiere auch an andere Landwirte und nicht zwingend an den Schlachter zu verkaufen. Außerdem bekäme er noch die Berechtigung zur Weidehaltung seiner Masttiere. Doch darum ging es ja nicht, denn für Herrn Weber hätte der Status „BHV1-frei" keinerlei Vorteile gehabt. Seine Tiere stehen im Stall, werden dort mit Maissilage gefüttert, damit sie zunehmen und wachsen, bevor sie letztendlich zum Schlachter verkauft werden. Alles andere wäre mehr Aufwand und Arbeit für ihn gewesen.

Am Ende des Telefonates mit der Dame vom Amt bat ich nochmals um ein Gespräch mit ihrem Vorgesetzten. Leider war er aber gerade zu Tisch. Ich wurde das Gefühl nicht los, dass er einfach nicht mit mir sprechen wollte und sich deshalb verleugnen ließ. Trotzdem bat ich darum, ihm auszurichten, dass er mich bitte anrufen solle, sobald er zurück sei.

Es verging eine Woche und langsam, aber sicher wurde ich immer wütender und überlegte, ob ich nicht einfach persönlich im Amt erscheinen sollte, da der Herr Vorgesetzte bisher immer noch nicht angerufen hatte.

Ich beschloss jedoch, noch ein paar Tage zu warten, bis ich dem Veterinäramt wieder auf die Nerven gehen würde. „Wahrscheinlich denken die, ich würde aufgeben, weil sie schon so lange nichts von mir gehört haben", dachte ich. „Aber diesen Gefallen werde ich ihnen nicht tun."

Zwischenzeitlich hatte sich auch Sabine wieder bei mir gemeldet und mir erzählt, dass sie sich mit jemandem vom Bauernverband über die Sache mit Luise und den damit verbundenen Problemen unterhalten hätte. Auch er konnte ihr nur sagen, dass man in so einem Fall das Tier in Quarantäne stellen könne. Zwar müssten dafür auch bestimmte Vorgaben erfüllt werden, aber das sollte normalerweise kein Problem darstellen. Abends stöberte ich wieder ein bisschen im Internet, weil ich wissen wollte, welche Regeln in der Quarantänezeit eingehalten werden müssen. Leider wurde ich zu diesem Thema nicht fündig. Was ich allerdings entdeckte, war ein Artikel vom „Hessischen Ministerium für Umwelt, Klimaschutz, Landwirtschaft und Verbraucherschutz". Die Überschrift lautete: „HESSEN IST ANERKANNT FREI VON DER TIERSEUCHE BHV1." (https://umwelt.hessen.de)

„Sehr interessant", dachte ich. Seit 2015 schien es wohl keinen BHV1-Fall mehr in Hessen gegeben zu haben. Aber warum dann dieser Aufwand? Ich konnte das alles nicht verstehen. Es gab diesen Virus bereits seit vier Jahren nicht mehr in Hessen und trotzdem verlangte das zuständige Veterinäramt die Untersuchung von 350 Rindern, obwohl vier andere Veterinärämter und ein Herr vom Bauernverband die Quarantänemöglichkeit vorgeschlagen hatten.

Ich ließ das alles erst mal sacken und überlegte mir, wie ich weiter verfahren könnte. Mir kam sogar der Gedanke, dass das zuständige Amt das Gesetz einfach nur falsch interpretiert haben könnte.

Dieses Thema beschäftigte mich so intensiv, dass ich das Bedürfnis hatte, allen Freunden und Bekannten davon erzählen zu müssen. Die meisten Leute waren der Meinung, dass man dieses Thema an die Öffentlichkeit bringen sollte. Die Idee fand ich gar nicht so schlecht, allerdings wollte ich erst noch das Telefonat mit dem Vorgesetzten des zuständigen Amtes abwarten, bevor ich weitere Schritte in Angriff nehmen würde.

Einige Zeit später versuchte ich noch mal den Leiter des zuständigen Amtes zu erreichen. Leider hatte ich diesmal wieder jemand anderen am Hörer. Er wollte mit mir das Thema besprechen, doch ich bat ihn darum, mich mit seinem Vorgesetzten zu verbinden. „Na gut, mit mir wollen Sie ja nicht reden", sagte er genervt und ließ mich in die Warteschleife verschwinden. Es dauerte ewig lange, bis jemand das Gespräch annahm. Doch es war leider wieder nicht der Amtsleiter, sondern ein anderer Mitarbeiter, den ich dann am Telefon hatte.

Er bestand darauf, dass ich mit ihm spreche, da er bestens über die Angelegenheit informiert wäre. Ich bat ihn freundlich, mir doch bitte zu helfen und mir die Möglichkeit zu geben, Luise zu kaufen, damit sie nicht zum Schlachter muss. Also habe ich ihm die Geschichte noch mal erzählt, damit er mein Anliegen verstehen konnte.

Doch auch bei diesem Herrn stieß ich auf absolute Verständnislosigkeit. Er hielt daran fest, dass es keinen anderen Weg gäbe, außer den ganzen Rinderbestand von Herrn Weber testen zu lassen.

Als ich ihn damit konfrontierte, dass andere Veterinärämter eine dreißigtägige Quarantäne vorgeschlagen hatten, wiegelte er das Thema ab, indem er mir einfach ins Wort fiel. „Das Gesetz schreibt das so vor", sagte er und wiederholte dies auch mehrmals in einem energischen Ton. Mein Frust wurde immer größer. Ich fragte ihn, ob er sich vorstellen könne, ein Tier, das er so sehr ins Herz geschlossen hat, wie ich Luise, schlachten zu lassen, weil es das „Gesetz" so vorschreibe. Er war ziemlich empört über diese Frage und wurde nun richtig wütend. Seiner Meinung nach war es anmaßend von mir so etwas zu fragen und er unterstellte mir, dass ich ihm bloß ein schlechtes Gewissen machen wollte.

„Ich will hier sicherlich niemandem ein schlechtes Gewissen machen, sondern lediglich verstanden werden und Hilfe bekommen. Leider ist es erschreckend, dass das Gesetz vor die Gefühle eines Menschen gestellt wird, ganz zu schweigen davon, was das Tier empfindet", erwiderte ich und beendete das Gespräch mit den Worten: „Aber eines kann ich Ihnen versprechen: von mir persönlich hören Sie nichts mehr!" Außer mir vor Wut legte ich den Hörer auf und wollte das Gefühl der Hilflosigkeit nicht zulassen.

KAPITEL ACHT:
AUFGEBEN GEHT NICHT

„Was denken sich eigentlich diese Leute vom Veterinäramt? Die meinen wohl, sie sitzen am längeren Hebel und
alles muss so gemacht werden, wie sie es verlangen. So herz-
los kann doch kein Mensch sein. Und solche Leute sind auch
noch für das Wohl der Tiere zuständig, unfassbar! Luises Leben scheint denen völlig egal zu sein, in deren Augen ist sie
bestimmt nur ein Lebensmittel!" Diese Gedanken gingen mir
durch den Kopf und ich schimpfte wütend vor mich hin.

Ich war stinksauer und wusste nicht so recht, was ich als
Nächstes tun sollte. In dieser Situation einen klaren Gedanken zu fassen, war schwierig, also versuchte ich mich erst mal
etwas abzulenken und fuhr zu meinem Pferd, um einen langen, entspannten Ausritt zu machen. Je mehr ich nachdachte,
desto bewusster wurde mir, dass es keine andere Möglichkeit
mehr geben würde, außer an die Öffentlichkeit zu gehen.
Aber wohin sollte ich mich wenden? Zeitung? Fernsehen?
Radio? Ich war mir nicht sicher, welches der richtige Weg
sein könnte. Was allerdings gewiss war, dass Luise nicht sterben durfte und ich alles tun würde, um sie vor dem Tod zu
bewahren. Von nichts und niemandem wollte ich mich ent-
mutigen lassen. Ich überlegte, welche Zeitungen oder Fernsehsender in Frage kämen, um mir zu helfen und entschied
mich letztendlich für einen regionalen Fernsehsender, dem
ich per E-Mail die Kurzfassung unserer Geschichte zukommen ließ.

Liebes Fernsehteam,

ich hoffe sehr, dass Sie mir bei meinem Anliegen helfen können. Es geht darum, dass ich ein einjähriges Rind (Luise) aus einem Mastbetrieb retten möchte. Allerdings gibt es Probleme mit dem zuständigen Veterinäramt. Mein Pferd steht auf einem Bauernhof, der auch Kühe hat. Deshalb bekam ich die Geburt eines besonderen Kälbchens mit.

Am 8. März 2018 kam die kleine Luise unter erschwerten Bedingungen zur Welt. Sie lag falsch herum im Mutterleib und musste mit einem Geburtshelfer geholt werden. Als sie dann endlich draußen war, schien sie tot zu sein. Durch Reiben und Rütteln verhalf ich ihr dann zum ersten Atemzug. Sie lebte – es war für mich ein Wunder, aber sie lebte! Somit war meine kleine Luise geboren. In den ersten Lebensminuten stellte sich heraus, dass Luise nicht aufstehen konnte, weil sie durch die falsche Lage im Mutterleib an den Vorderfüßen verkürzte Sehnen hatte. Also musste die Kleine mit ihrer Mama erst mal in eine separate Box gebracht werden. Dort wurde die Kuh gemolken und Luise bekam aus der Flasche ihre erste lebenswichtige Milch. Von diesem Moment an hatte ich Luise ins Herz geschlossen und jeden Tag nach ihr geschaut. Am dritten Tag konnte sie sogar schon aufstehen. Bald durfte Luise mit ihrer Mama wieder in die Herde und im Frühjahr kamen alle Kühe mit ihren Kälbern auf die Weide. Luise hörte bereits auf ihren Namen und kam jedes Mal hüpfend und freudestrahlend angerannt, wenn ich sie gerufen habe. Meine Mittagspausen verbrachte ich oft mit ihr auf der Weide. Wir lagen gemeinsam in der Sonne und Luises Mama legte sich sogar dazu.

Im November kamen die Kühe in den Stall, die Kälber wurden von ihren Müttern getrennt und alle, bis auf vier Kuhkälber durften bleiben.

Der Rest der Kälber sollte verkauft werden. Eigentlich hätte Luise bleiben dürfen, doch aufgrund einer Verwechslung wurde sie leider mit den meisten anderen Kälbchen in einen Mastbetrieb verkauft. Ich musste mir etwas überlegen, wie ich Luise dort rausbekomme. Leider habe ich niemanden gefunden, der sie bei sich aufnehmen würde. Ich bekam vom Veterinäramt die Information, dass ein Mastbetrieb seine Tiere ausschließlich an den Schlachter verkaufen dürfe. Nach langem Hin und Her kam ich durch eine Freundin an einen Metzger, der Kühe hat und Luise bei sich aufnehmen würde, ohne sie zu schlachten. Ich habe mich riesig gefreut! Doch dann sagte mir das Veterinäramt, dass das so nicht gehen würde, der Metzger dürfe das Rind zwar kaufen, müsse es aber trotzdem schlachten. Ich bin nun sehr enttäuscht darüber, dass ich von dem zuständigen Amt keine Hilfe bekomme. Nach mehreren Telefonaten mit dem Veterinäramt wurde mir dann doch eine Möglichkeit angeboten Luise kaufen zu können. Sie verlangen nun, dass der ganze Kuhbestand des Mastbetriebes und alle Bullen bis zum 9. Lebensmonat auf BHV1 (Bovines Herpes Virus Typ 1) getestet werden muss. Das ist mit einem extrem hohen Aufwand verbunden und dazu noch eine kostspielige Angelegenheit. Es müssten 350 Rinder getestet werden. Die reinen Laborkosten würden da schon bei 10.500 € liegen.

Diesen Aufwand kann man einem Betrieb mit so vielen Kühen einfach nicht zumuten. Außerdem finde ich es sehr unlogisch, dass alle Kühe getestet werden müssen, obwohl sie sowieso auf dem Hof bleiben und nur Luise weg gehen würde. Angeblich sei das vom Gesetz so vorgeschrieben. Der Betreiber des Mastbetriebes kann das auch alles nicht glauben. Er würde mir Luise anstandslos verkaufen, wenn es nicht diese blöden Vorschriften gäbe. Ich hatte mich auch bei anderen Veterinärämtern erkundigt und ihnen den Fall geschildert.

Komischerweise zeigten diese mehr Verständnis und sprachen sogar von einer Ausnahmeregelung und Quarantäne für das Kälbchen, in der zwei BHV1-Tests gemacht werden müssten. Bei negativen Testergebnissen dürfte das Kälbchen dann freigegeben werden. Ich bin wirklich verzweifelt und hoffe, dass es irgendwie eine Möglichkeit gibt, meine Luise dort herauszuholen. Ich besuche sie jede Woche mehrmals und kann es einfach nicht verantworten, dass sie nur noch den Weg zum Schlachthof gehen soll. Luise darf nicht sterben!!! Dies ist jetzt die Kurzfassung der Geschichte, damit Sie wissen, worum es geht. Es gibt viele schöne Bilder von Luise und mittlerweile ist sie auch bei meiner Familie und bei meinen Freunden sehr beliebt geworden. Ich würde mich wahnsinnig freuen, wenn Sie mir irgendwie helfen könnten, damit Luise ein schönes Leben auf der Wiese bekommen kann. Für weitere Informationen und Details stehe ich Ihnen gerne auch telefonisch zur Verfügung. Ich freue mich auf eine Antwort von Ihnen.

Viele Grüße, Stephie und Luise

Die Tage vergingen und ich bekam keine Antwort von dem Sender. Mehrmals täglich schaute ich erwartungsvoll in mein E-Mail-Postfach, doch leider vergebens. Nach über einer Woche kam dann endlich eine Rückmeldung und ich konnte es kaum abwarten zu lesen, was die Redaktion des Senders geschrieben hatte.

Sehr geehrte Frau Desch,

vielen Dank für Ihre Mail. Diese liegt nun unserer Planung vor. Bei Interesse und der Möglichkeit zu einem Beitrag wird man sich bei Ihnen melden.

Ich fiel aus allen Wolken, als ich das las, denn ich hatte gehofft, dass es etwas Positives sein würde. Es klang absolut nicht danach, als hätte der Sender Interesse daran, mir zu helfen. Für mich war das eine klare Absage, die so formuliert wurde, damit es sich wenigstens ein bisschen nett anhörte.

„Es kann doch nicht sein, dass das jetzt so enttäuschend weiter geht. Irgendjemand muss mir doch helfen können, Luise zu retten," dachte ich. Ich konnte nicht einfach aufgeben und Luise im Stich lassen, das war klar. Also suchte ich mir den nächsten Sender heraus, den ich per E-Mail anschrieb. Wieder dauerte es mehrere Tage, bis endlich eine Antwort kam.

Diesmal war ich auf alles gefasst, als ich die Mail öffnete. Ich konnte nicht mehr so richtig daran glauben, dass etwas Vielversprechendes darin zu lesen sein würde. Es wäre schließlich nicht der erste Misserfolg zur Rettung von Luise gewesen. Zaghaft öffnete ich die E-Mail und fing an zu lesen.

Wir sind in der Auswahl unserer Themen durch die begrenzte Sendezeit sehr eingeschränkt. Dadurch haben wir nicht die Möglichkeit, jede Bitte um Berichterstattung zu erfüllen.

Wir können in unserer Rubrik nur dann erfolgreich für unsere Zuschauer tätig werden, wenn wir auf kulanter Basis einen Lösungsweg finden können.

Dies ist in Ihrem Fall leider nicht möglich. Leider können und dürfen wir nicht gegen gesetzliche Vorgaben bzw. Beschlüsse des Veterinäramts vorgehen. Auch den Medien sind juristische Grenzen gesetzt. Daher müssen wir von Ihrem Fall leider Abstand nehmen. Wir hoffen auf Ihr Verständnis und würden uns freuen, Sie dennoch weiterhin als interessierten Zuschauer begrüßen zu dürfen.

Mit freundlichen Grüßen, Ihre Redaktion

„So, das war es jetzt wohl" dachte ich und sah Luise in Gedanken schon auf den Transporter laufen, der sie zum Schlachthof fährt. Das Fernsehen war meine letzte Hoffnung gewesen, doch leider auch ohne Erfolg.

Ich war frustriert, enttäuscht, traurig und wütend zugleich, doch das brachte mich in diesem Moment leider keinen Schritt weiter. Ein neuer Plan musste her!

Der Frühling war bereits angebrochen und ich hatte den Eindruck, die Zeit würde mir davonrennen. „Wenn es so weiter geht und ich keine Lösung finde, was mache ich dann?" Ich hatte das Gefühl, dass es nun wirklich keine Chance mehr für Luise geben würde.

Nichts tun zu können, war für mich das Schlimmste, das es in dieser Zeit gab. „Ich muss Luise doch entführen, egal wie! Man wird ja regelrecht dazu angetrieben, krumme Sachen zu machen", dachte ich.

Eines Nachmittags kam ich mit einer Freundin ins Gespräch, der ich von meiner Misere erzählte. Sie reagierte überaus mitfühlend und überlegte, was man denn noch tun könnte. Ihr Vorschlag war, es noch mal zu versuchen und einen weiteren Fernsehsender zu kontaktieren, der auch Sendungen über Tierrettungen ausstrahlt. Die Idee fand ich gar nicht schlecht, zumal es dort spezielle Tiersendungen gibt und sich die Redaktion bestimmt mit solchen Themen auskennen würde.

Also schrieb ich auch diesem Sender eine E-Mail und bekam überraschenderweise prompt eine Antwort. Darin stand, dass meine Mail automatisch an die zuständige Redaktion weitergeleitet werde und sich jemand bei mir melden würde, um weitere Vorgehensweisen zu besprechen.

Das stimmte mich wieder etwas optimistischer, obwohl ich noch ziemlich skeptisch war. Doch als noch am selben Tag das Telefon klingelte und eine nette Dame, Frau Kaiser, vom Sender anrief, um mir zu sagen, dass sie sehr daran interessiert seien, mir zu helfen, hatte ich wieder richtig große Hoffnung. Sie teilte mir mit, dass in den nächsten Tagen eine E-Mail von ihrem Kollegen, Herrn Lorenz, bei mir ankommen würde, dem ich noch einige Fragen beantworten müsste, bevor etwas unternommen werden könnte.

Ich war überglücklich und konnte es kaum abwarten, diese Nachricht zu bekommen. Gleich am nächsten Tag kam schon das Schreiben von Herrn Lorenz und ich hatte es nun endlich schwarz auf weiß, dass mir jemand helfen wollte.

Guten Morgen Stephie,

wir können uns gut vorstellen, über diese Geschichte zu berichten und zur Lösung beizutragen. Manchmal ist Öffentlichkeit hilfreich, manchmal schalten Veterinärämter dann aber erst recht auf stur. Insofern muss eine sehr sorgfältige Abwägung getroffen werden. So wie Sie schreiben, ist die Rechtslage nicht ganz eindeutig, es gibt Schlupflöcher oder einen gewissen Verhandlungsspielraum. Wir haben Kontakt zu einer Tierärztin, die viele Jahre auf einem Schlachthof gearbeitet hat und mit ihrer Tierschutzorganisation viele Rinder gerettet hat, ich möchte sie kontaktieren, vielleicht kann sie uns einen Lösungsweg aufzeigen. Dazu müsste ich ihr den Vorgang möglichst knapp und korrekt zusammenfassen, was ich hiermit versuche. Geben Sie bitte Rückmeldung, ob ich auch alles richtig verstanden und wiedergegeben habe. Bitte beantworten Sie auch noch die aufgetreten Fragen:
Am 8. März 2018 kam das Kalb (Luise) in einem Stall in Hessen unter erschwerten Bedingungen mit Hilfe eines Geburtshelfers zur Welt. Sie haben sich des Tieres angenommen und erreicht, dass es in dem Stall hätte bleiben können. Durch ein Versehen oder eine Verwechslung wurde Luise dann im November an einen Mastbetrieb abgegeben. Sie wollten Luise daraufhin wieder aus dem Betrieb holen, erfuhren aber, dass dieser Mastbetrieb nur an Schlachter verkaufen darf. Sie suchten daraufhin einen Metzger "Ihres Vertrauens" und fanden auch einen, allerdings scheiterte diese Abgabe daran, weil angeblich eine Vorschrift existiert, dass der ganze

„Jetzt wird's ernst, endlich ein richtiger Lichtblick",
dachte ich. Ich war überglücklich und auch ein bisschen aufgeregt, weil ich noch nicht so ganz wusste, was jetzt noch alles auf mich zukommen würde.

Ich schrieb Herrn Lorenz sofort zurück und beantwortete
alle Fragen, außer der letzten. Ich musste erst mal nachfragen, ob das überhaupt gestattet sein würde. Es müssten alle
Beteiligten damit einverstanden sein, dass ein Filmteam
kommen würde, um Dreharbeiten durchzuführen.

Eigentlich war ich nicht besonders scharf darauf, ins Fernsehen zu kommen, doch für Luise würde ich das auf jeden
Fall in Kauf nehmen.

Am nächsten Morgen, als ich im Stall bei meinem Pferd war, erzählte ich Beate davon, dass es eventuell zu Luises Rettung eine Fernsehsendung geben würde und fragte, ob sie mit Dreharbeiten am Hof einverstanden wäre. Sie überlegte kurz und sagte dann, dass es an sich kein Problem sei, wir aber bitte nur draußen auf den Weiden filmen sollen. Mir fiel ein Stein vom Herzen, denn ich war mir im Vorfeld nicht sicher, ob Beate damit einverstanden sein würde. Umso erfreuter war ich, von ihr eine Zusage bekommen zu haben.

Als nächstes fuhr ich zu Luise und fragte auch gleich Herrn Weber, ob er es gestatten würde, wenn ein Fernsehteam auf seinen Hof käme, um zu filmen. Er lachte und meinte: „Du bist ja schon ziemlich verrückt, so weit zu gehen, aber ich finde es gut!

Ich drücke dir alle Daumen für Luises Rettung. Sag mir bitte aber rechtzeitig bescheid, wann es so weit sein soll." „Na klar, das mache ich", gab ich zur Antwort. Irgendwie fühlte sich das alles sehr unwirklich an, aber trotzdem ging ich gut gelaunt zu Luise und kuschelte ausgiebig mit ihr. Natürlich erzählte ich ihr, dass die Chancen nun endlich gut stünden, dass sie wieder auf die Weide gehen dürfte. Ich war überglücklich, doch mich plagten weiterhin Zweifel und ich hatte auch Angst, dass Luises Rettung doch noch an irgendetwas scheitern könnte. Immerhin hatte ich noch keine konkrete Zusage, dass das auch alles so funktionieren würde, wie ich es mir wünschte. Mit der Vorstellung, dass mich dann jeder im Fernsehen sehen könnte, wollte ich mich allerdings nicht so recht anfreunden.

Zuhause angekommen, schrieb ich Herrn Lorenz gleich zurück und beantwortete seine Fragen. Ich war gespannt, wie es nun weitergehen würde und etwas aufgeregt war ich auch.

Einige Tage später bekam ich wieder einen Anruf von Frau Kaiser, die mir mitteilte, dass sie recherchiert und einen Gnadenhof gefunden hätte, auf dem Luise untergebracht werden könnte. Sie gab mir die Telefonnummer des Hofbesitzers und bat mich darum, ihn zu kontaktieren. Sein Name sei Matthias Jehn und sein Hof befinde sich in der Nähe von Fulda.

Ich bedankte mich sehr herzlich bei Frau Kaiser und rief umgehend nach dem Gespräch bei ihm an. Er hörte sich die Geschichte an und konnte es nicht fassen, dass sich das zuständige Veterinäramt so quer stellte. Herr Jehn arbeitet selbst bei einem Veterinäramt, das für seinen Bezirk zuständig ist und er sagte mir, dass er sich um mein Anliegen kümmern und sich wieder melden würde. Es dauerte keine halbe Stunde, bis Herr Jehn mich zurückrief.

KAPITEL NEUN:
ERLEICHTERUNG

Völlig aufgeregt nahm ich den Anruf von Herrn Jehn entgegen. „Wir können das Kalb holen, es ist absolut kein Problem", meinte er. Ich wusste vor lauter Freude zuerst gar nicht, was ich sagen sollte. Für einen kurzen Moment war ich völlig sprachlos.

„Luise kann bei mir für sechs Wochen in eine Quarantänebox und wird in dieser Zeit zwei Mal auf BHV1 getestet. Wenn sie gesund ist, darf sie auf die Weide zu den anderen Kühen. Damit sie nicht allein sein muss, stellen wir aus tierschutzrechtlichen Gründen noch ein zweites Kalb dazu", fuhr er fort.

Was Luise betraf, war das die beste Nachricht, die ich im letzten Jahr erhalten hatte, doch es fühlte sich an, als würde ich träumen. „Dann kann ja hoffentlich nichts mehr schief gehen", sagte ich voller Erleichterung zu Herrn Jehn.

Jetzt musste nur noch alles mit dem Fernsehsender abgestimmt werden und dann würde die Rettungsaktion los gehen. Oh Mann, war ich nervös, gleichzeitig aber auch überglücklich. Ich hätte die ganze Welt umarmen können, so froh war ich, dass Luise am Leben bleiben durfte. Herr Jehn wollte noch mal wegen der Planung der Dreharbeiten mit Frau Kaiser sprechen und dann mit mir einen Termin abstimmen, wann wir Luise abholen könnten.

Als erstes rief ich Matthias auf der Arbeit an, um ihm von den unglaublichen Neuigkeiten zu erzählen. Er freute sich sehr darüber, dass es endlich eine Lösung gab und wollte auch gleich wissen, wann Luises Umzug stattfinden würde, doch der Termin stand ja noch nicht fest. Auch meine Eltern waren froh darüber, dass Luise am Leben bleiben durfte. Endlich war es da, das lang ersehnte Wunder!

Noch am selben Tag fuhr ich zu Luise, weil ich ihr unbedingt die frohe Botschaft überbringen musste, dass sie bald wieder auf die Wiese gehen und alles so werden würde, wie ich es ihr versprochen hatte. Sie schaute mich völlig irritiert an, wahrscheinlich konnte sie überhaupt nicht verstehen, warum ich so aufgekratzt war. Herrn Weber berichtete ich ebenfalls noch von der guten Nachricht und auch er freute sich, dass sich der Kampf gelohnt hatte. Jetzt endlich konnte ich ihm Luise offiziell abkaufen. Ich kann gar nicht beschreiben, wie glücklich ich war.

Ein paar Tage später bekam ich erneut einen Anruf von Frau Kaiser. Ich dachte, sie würde sich wegen der Dreharbeiten und eines passenden Termins dafür melden, doch sie begann das Gespräch mit den Worten: „Leider habe ich eine nicht so gute Nachricht für Sie." Von einer Sekunde auf die andere wurde mir richtig schlecht, weil ich befürchtete, dass es neue Probleme mit Luises Rettung geben würde. In diesem Moment war ich auf alles gefasst. Sie meinte, dass sie mit Herrn Jehn gesprochen habe und dass Luises Geschichte nicht im Fernsehen ausgestrahlt werden könne.

Die beiden zuständigen Veterinärämter hätten sich in der Öffentlichkeit gegeneinander präsentieren müssen und das hielt Herr Jehn für nicht angemessen. Somit war die Geschichte für den Sender nicht mehr interessant genug und es wurde von den Dreharbeiten abgesehen.

Ich fragte sofort nach, ob es bezüglich Luises Rettung nun irgendwelche Konsequenzen haben würde oder ob ich sie trotzdem kaufen und auf den Gnadenhof bringen dürfte. Erfreulicherweise stand meinem Vorhaben nichts im Wege, denn das hatte Herr Jehn ja bereits alles geklärt. Lediglich der Fernsehauftritt und die dafür notwendigen Dreharbeiten sollten wegfallen, was ich persönlich gar nicht so schlimm fand. Luise konnte gerettet werden und ich musste nicht ins Fernsehen - umso besser.

Für mich war das Wichtigste, dass meine kleine Luise ihr Leben mit ihren Artgenossen auf der Weide genießen darf. Langsam, aber sicher wurde die Situation immer realistischer, doch richtig glauben könnte ich es wohl erst dann, wenn Luise tatsächlich im Anhänger auf dem Weg zum Gnadenhof stehen würde.

Dieses Gefühl von Erleichterung war eine Wohltat und so konnte ich mit Herrn Jehn einen Termin zur Abholung von Luise ausmachen, ohne dass wir uns nach dem Fernsehsender richten mussten. Ich rief ihn sofort an, um mit ihm alles Weitere zu besprechen. Die Quarantänebox war bereits vom Veterinäramt begutachtet und freigegeben worden, sodass Luises Einzug nichts im Wege stand.

Wir vereinbarten einen Termin für die Abholung, den ich aber erst noch mit Herrn Weber abklären musste. Zum Glück war auch er mit dem Datum einverstanden und plante sich für den besagten Vormittag genug Zeit ein. Ich konnte es kaum erwarten, bis wir Luise endlich holen konnten.

23.06.2019

Und nun war es so weit, Matthias und ich fuhren morgens um 9 Uhr gut gelaunt bei bestem Wetter zu Luise. Ich war schon ein bisschen aufgewühlt, da ich nicht wusste, ob alles so reibungslos ablaufen würde, wie ich es mir erhoffte. Am Hof angekommen, begrüßte ich zuerst Luise. Sie stand am Futtertrog und fraß ihr letztes Frühstück im Mastbetrieb.

Kurz darauf kam Herr Weber zu uns und wir besprachen die Vorgehensweise, wie wir Luise von den anderen trennen und letztendlich verladen würden. Es hörte sich alles relativ einfach an und ich war gespannt, ob es auch so sein würde.

Der Stall, in dem Luises Herde stand, war mit einer Trennwand versehen, die im hinteren Teil ein Schiebetor hatte, das immer offenstand, damit die Rinder sich auf beiden Seiten aufhalten konnten. Der Plan war, zuerst alle Tiere auf die rechte Seite zu treiben, Luise danach allein aus der Herde heraus auf die linke Seite zu schicken und dann das Schiebetor zu schließen. Wenn sie dann allein im linken Abteil stände, würde die vordere Absperrung mitsamt Futtertrog weggeschoben werden und Luise könnte in den Viehtriebwagen laufen. Dieser sollte als Schleuse dienen, um sie zum Anhänger zu bringen. Florian, der Sohn von Herrn Weber, kam ebenfalls dazu, um zu helfen.

Herr Jehn fuhr pünktlich um 10 Uhr mit einem großen Transportanhänger auf den Hof. Er stieg aus seinem Auto aus, stellte sich kurz bei uns allen vor und redete einen Augenblick mit Herrn Weber, der anschließend mit seinem Traktor den Viehtriebwagen holte. Herr Jehn fuhr mit dem Anhänger rückwärts vor den Stall und platzierte sich so, dass man den Triebwagen, der wie ein Käfig aussah, gut an die Rampe des Anhängers schieben konnte. Nun sollte es losgehen. Wie besprochen trieb Herr Weber die Rinder alle auf die rechte Seite und schaute dann, wo Luise sich befand. Er ging zu ihr und trieb sie quer durch die Herde zum hinteren Durchgang. Florian passte auf, dass kein anderes Rind auf die linke Seite schlüpfte. Als es schließlich gelungen war, Luise hinüberzulotsen, schloss er das Schiebetor. Nun stand sie da, mit einem leicht verwirrten Blick, völlig allein in der hintersten Ecke. „Das hat ja schon mal bestens geklappt", dachte ich. Der Stall wurde vorne geöffnet und genauso auch der Triebwagen, damit sie dort hineinlaufen konnte.

Ich rief ihren Namen und sagte: "Komm her Luise, jetzt geht es in dein neues Zuhause." Etwas unsicher kam sie hervor und lief hinter mir her in den grünen Käfig. Als sie drin war, ging ich hinaus und mitsamt Luise wurde der Triebwagen an die Rampe des offenen Transportanhängers geschoben.

Dort angekommen wurde er dann wieder geöffnet. Herr Weber ging hinein und versuchte Luise in den Anhänger zu bugsieren. Leider weigerte sie sich und drehte vor der Rampe immer wieder um. Matthias meinte, ich solle doch mal zu ihr hinein gehen und vorneweg laufen, sie würde mir doch bestimmt hinterherlaufen. Herr Weber klopfte Luise mit der Hand aufs Hinterteil und meinte im Spaß: „Das hätte ein schönes Roastbeef gegeben!"

Er kam aus dem Wagen raus und ich ging hinein. Luise kam zu mir und ich streichelte sie kurz, bevor ich in den Anhänger ging. „Komm mit, na komm schon, alles wird gut", sagte ich und ging immer weiter in den Anhänger hinein.

Etwas zögerlich folgte sie mir und als sie schließlich drinnen stand, streichelte ich ihr über den Kopf und sagte: „Prima, das hast du fein gemacht. Bald darfst du wieder auf die Wiese." Danach musste ich den Hänger verlassen und die Rampe wurde geschlossen. Am liebsten wäre ich auch auf der Fahrt bei ihr geblieben. Was sie wohl gedacht haben muss, als sie so allein in diesem Transporter stand?

Nachdem alles so reibungslos gelaufen und Luise verladen war, setzten wir uns alle zusammen, tranken einen Kaffee und unterhielten uns noch einen Moment. Ich bekam von Herrn Weber einen Lieferschein, den ich unterschreiben musste und die Rechnung für Luises Kauf. Es war ein seltsames Gefühl, es gab keinen Kaufvertrag, stattdessen wurde sie mir verkauft, als wäre sie ein Gegenstand. Doch das scheint wohl so üblich zu sein, wenn man eine Kuh kauft. Egal, die Hauptsache war, dass Luise nun ganz offiziell mir gehörte und ihrer Zukunft mit neuen Kuhfreundinnen nichts mehr im Wege stand. Bevor wir uns auf den Weg Richtung Fulda machten, warf ich noch einen Blick in den Anhänger zu Luise.

Ich glaube, sie konnte die Situation überhaupt nicht einschätzen und ich sagte zu ihr, dass jetzt alles so kommen würde, wie ich es ihr schon immer versprochen hatte und sie keine Angst haben müsste. Ich fuhr gemeinsam mit Herrn Jehn im Auto zum Gnadenhof, Matthias fuhr mit meinem Auto hinterher. Erst jetzt realisierte ich, dass Luise gerettet war und ich mir wirklich keine Sorgen mehr machen musste. Der Kampf war gewonnen und ich war mehr als glücklich. Nun musste Luise noch sechs Wochen Quarantäne über sich ergehen lassen, bevor sie endlich wieder auf die Weide durfte.

Auf dem Hof angekommen, parkte Matthias mein Auto vor der Einfahrt auf dem Parkplatz, Herr Jehn fuhr hinein und stellte den Anhänger direkt vor die Quarantänebox, sodass Luise gleich hineinlaufen konnte.

Nachdem Matthias und Herr Jehn alle Türen zum Stall geöffnet hatten, kam Luise neugierig zur Rampe gelaufen und schaute sich erst mal um.

Sie zögerte wieder ein wenig, bevor sie aus dem Anhänger herauskam. Ich hätte zu gerne gewusst, was Luise an diesem aufregenden Tag alles durch den Kopf gegangen war. Man konnte deutlich ihre Unsicherheit spüren, doch sie war gleichzeitig auch äußerst aufmerksam. Vorsichtig lief sie die Rampe herunter in die schöne, große, frisch eingestreute Box.

Dort wartete bereits ihr Quarantänepartner auf sie. Es war ein kleiner, blinder Bulle namens Michel, der die nächsten Wochen mit ihr zusammen verbringen würde.

Die beiden beschnupperten sich zur Begrüßung und danach sah sich Luise in ihrer neuen Umgebung um. Wir beobachteten die beiden einen Augenblick und ließen sie schließlich allein.

Herr Jehn zeigte uns noch seinen Hof und erzählte uns von den Tieren, die bei ihm leben und aus welchen Zuständen sie teilweise kamen.

Er hatte früher selbst eine Kuh- und Bullenmast, aber er sagte, dass er froh sei, sich für den Gnadenhof entschieden zu haben und nun kein Tier mehr in die Schlachtung geben zu müssen. Die Tiere auf dem Hof werden durch Tierpatenschaften finanziert und können somit ein glückliches Leben in der hessischen Rhön genießen.

Bevor wir nach Hause fuhren, verabschiedeten wir uns noch von Luise, die gemeinsam mit Michel am Heu stand und fraß. Ich war überglücklich, dass sie jetzt endlich in Sicherheit war und dass sie so einen guten Appetit hatte.

Am nächsten Morgen rief ich gleich bei Herrn Jehn an und erkundigte mich, ob Luise die erste Nacht gut überstanden hatte. Es war alles in bester Ordnung und sie schien sich wohlzufühlen. Der Tierarzt war bereits für kommende Woche bestellt, um Blut abzunehmen, damit der erste BHV1-Test durchgeführt werden konnte. In den nächsten Wochen besuchte ich Luise immer nur am Wochenende. Leider war der Weg zu weit, um öfter zu ihr zu fahren. Aber die Hauptsache war, dass es ihr gut ging und sie bald wieder auf die Weide durfte. Sie verstand sich gut mit Michel und wirkte ausgesprochen entspannt. Ich hatte das Gefühl, dass sie in ihrer vorübergehenden Unterkunft richtig zur Ruhe kam.

Das erste Testergebnis wurde bereits ein paar Tage nach der ersten Blutentnahme bekannt gegeben. Erfreulicherweise war es negativ. Jetzt musste auch der zweite Test noch negativ sein und dann war alles überstanden.

Obwohl es sehr warm draußen war, schien es Luise und Michel nichts auszumachen, im Stall sein zu müssen. Beide waren völlig ausgeglichen und zufrieden. Stundenlang hätte ich bei Luise in der Quarantänebox bleiben können. Es war einfach richtig schön zu sehen, dass es ihr so gut ging.

„Doch wie würde es erst sein, wenn sie dann endlich auf die Weide darf?" Ich war voller Vorfreude, Luise bald mit den anderen Kühen auf der Wiese herumspringen zu sehen, doch ich musste noch etwas Geduld aufbringen. Schließlich stand noch der alles entscheidende negative BHV1-Test aus.

KAPITEL ZEHN:
FREUDENSPRÜNGE

Heute war es soweit, das zweite Testergebnis war ebenfalls negativ und das Warten hatte ein Ende. Luise durfte nach so langer Zeit endlich wieder auf die Weide. Als Herr Jehn mir diese erfreuliche Nachricht überbrachte, vereinbarten wir gleich einen Termin für Luises Entlassung in die Freiheit. Das lang ersehnte Ereignis war für den 27. August 2019 um 16 Uhr eingeplant.

Pünktlich kam ich an besagtem Tag mit Matthias auf dem Gnadenhof an. Herr Jehn hatte schon alles vorbereitet und seinen Traktor mit einem Viehtriebwagen an der Quarantänebox platziert. Was muss Luise wohl gedacht haben? Schon wieder so ein grüner Käfig? Wohin soll diesmal die Reise gehen?

Ich ging erst mal zu ihr in die Box und kraulte sie an den Ohren, während ich ihr erzählte, dass sie jetzt endlich wieder auf die Wiese gehen dürfte. Leider musste sie sich heute von ihrem Quarantänepartner Michel verabschieden, was mir sehr leidtat, nachdem sich die beiden so gut aneinander gewöhnt hatten. Herr Jehn meinte, dass Michel mit seiner Blindheit eventuell Schwierigkeiten in der Herde bekommen könnte und deshalb lieber mit anderen blinden Leidensgenossen zusammengestellt werden sollte. Das war für mich ein überzeugendes Argument, doch trotzdem hatte ich ein Gefühl von Traurigkeit.

Luise und Michel beschnupperten sich noch ein letztes Mal zum Abschied, bevor Herr Jehn die Box öffnete und Luise in den Triebwagen laufen ließ.

Sie war offensichtlich etwas verunsichert, aber ich glaube, sie spürte, dass jetzt etwas Positives geschehen würde. Schließlich hatte ich es ihr versprochen und sie hatte nun schon lange genug auf diesen Moment warten müssen.

Als sie im Triebwagen stand und dieser verschlossen war, sah sie mich mit großen, fragenden Augen an. Ich stand noch eine Weile bei ihr, bevor es los ging.

Herr Jehn stieg auf seinen Traktor und ich kletterte zwischen den Querbalken aus dem Triebwagen heraus. Nun fuhr er im Schritttempo los, damit Luise gut mitlaufen konnte. Matthias und ich gingen zu Fuß hinterher und hatten sie die ganze Zeit im Auge.

Selbst der Hofhund Don begleitete uns. Luise schaute sich in alle Richtungen um, als wir mit ihr durchs Dorf gingen.

Am Ortsende bogen wir rechts ab und kamen direkt an einer Kuhweide vorbei. Als die Kühe Luise wahrgenommen hatten, kamen sie angerannt und gingen mit uns entlang des Zaunes bis zum Ende der Wiese. Dort mussten wir dann noch einmal abbiegen, bis wir am Ziel angekommen waren.

Es ging leicht bergauf in einen Feldweg, an dessen Anfang der Eingang zu Luises neuer Weide war. Die Kühe standen alle noch am anderen Ende der Wiese und bemerkten zuerst gar nicht, dass ein neues Herdenmitglied dazu kam. Herr Jehn platzierte den Triebwagen direkt am Eingang und bat Matthias den Zaun zu öffnen, damit er rückwärts hineinfahren konnte. Matthias öffnete die Litzen und ging zur Seite. Herr Jehn fuhr auf die Weide und hielt dort an.

Er stieg aus dem Traktor aus und ging an das hintere Ende des Triebwagens, um ihn aufzumachen. Luise hätte sofort loslaufen können, doch sie war auch jetzt sehr zurückhaltend.

Als sie aber in der Ferne die anderen Kühe sah, ging sie langsam aus dem Wagen heraus, schaute sich zuerst um und rannte dann voller Temperament augenblicklich los. Sie machte richtige Freudensprünge und muhte den anderen Kühen zu.

Es war einfach herrlich anzusehen, wie sie sich freute und wie die anderen Kühe ihr entgegenkamen, um sie zu begrüßen. Luise wurde sehr herzlich aufgenommen, alle Kühe beschnupperten sie und wedelten freundlich mit ihren Schwänzen. „So wie Hunde, wenn sie sich freuen", dachte ich.

Wir standen noch lange auf der Wiese und beobachteten die Herde. Die Kühe trabten und galoppierten über die komplette Weidefläche, als würden sie Luises Ankunft ausgiebig zelebrieren.

Als sich die Herde etwas beruhigt hatte, kam Luise sogar zu uns, holte sich noch eine Banane ab und ließ sich streicheln.

Die anderen Kühe kamen ebenfalls zu uns und ließen sich anfassen. Es war erstaunlich, wie harmonisch die Zusammenführung abgelaufen war. Ich kann gar nicht beschreiben, wie glücklich ich war, dass Luise von nun an endlich vergnügt und sorglos in ihrer neuen Herde den Rest ihres Lebens genießen darf.

Nein, Luise ist kein Schnitzel und auch kein Braten! Für mich ist sie die beste Kuh der Welt!

Es ist nicht „nur ein Tier".
Es ist ein Herz, das schlägt,
eine Seele, die fühlt und ein Leben,
das leben will.

(Sylvia Raßloff)

NACHWORT

Luise hat sich sehr gut in ihrem neuen Zuhause eingelebt und fühlt sich pudelwohl. Von Frühling bis Ende Herbst steht sie auf einer riesigen Weide in der schönen Hessischen Rhön und genießt dort ihr Leben. Im Winter verbringt sie die Zeit mit ihrer Herde im Stall, wo sie ebenfalls bestens versorgt ist. Wir besuchen sie regelmäßig und ich bin immer wieder überwältigt, mit welch großer Freude sie angesprungen kommt, wenn ich sie rufe. Es scheint tatsächlich so zu sein, dass Kühe sich Ewigkeiten an bestimmte Menschen erinnern können, auch wenn sie nicht mehr täglich präsent sind. Man sagt, Kühe können bis zu 20 Jahre oder älter werden – Ich hoffe Luise wird älter!

Luises Mama erkrankte leider an einem chronischen Lungenemphysem und ging am 14. Februar 2020 im Alter von 11 Jahren über die Regenbogenbrücke.

DANKE

Zuerst möchte ich mich dafür bedanken, dass DU Dich für Luises Geschichte interessiert hast und dieses Buch gelesen hast.

Außerdem bedanke ich mich von ganzem Herzen bei ALLEN, die mich auf Luises Weg, egal in welcher Art und Weise unterstützt haben und es jetzt noch immer tun. Sei es mental, finanziell oder bei der Korrektur meines Buches.

Danke auch an die Besitzer des Hofes, auf dem Luise das Licht der Welt erblickt hat, für all die schönen Momente, die ich dort erleben durfte und dass niemand etwas dagegen hatte, dass ich mich mit Luise beschäftige, sowohl im Stall als auch auf der Weide. Ebenso dankbar bin ich für die Antworten auf meine vielen Fragen.

Vielen lieben Dank an Horst, für das große Verständnis für meinen „Sockenschuss" und seine ergreifenden Worte an das Veterinäramt, die er wie folgt formulierte:

„Ich denke, dass kein Landwirt oder Tierhalter, der so eine innige Beziehung zwischen Tier und Mensch beobachten kann, es dann nach wochenlangen Gesprächen übers Herz bringt, ein solches Ausnahmetier wie Luise, zum Schlachten zu bringen."

Nicht zu vergessen ist der Fernsehsender, bei dem ich mich für das Interesse an Luises Geschichte und die Hilfe beim Finden des Gnadenhofes bedanken möchte.

Ein weiteres Dankeschön richte ich an Matthias Jehn, der alles für Luises Rettung in die Wege geleitet hat, sie im Mastbetrieb abgeholt und auf seinem Gnadenhof sehr herzlich aufgenommen hat.

Ganz besonders danke ich Matthias und meinen Eltern, die immer ein offenes Ohr für mein Anliegen hatten, mir mit Rat und Tat zur Seite standen und mich immer in jeder Hinsicht unterstützt haben. Ich weiß nicht, ob Luises Rettung ohne Euch gelungen wäre, tausend Dank!!!